やさしい男

慶次郎縁側日記

北原亞以子

朝日文庫

本書は二〇〇七年十月、新潮文庫より刊行されたものです。

やさしい男　慶次郎縁側日記●目次

やさしい男

慶次郎縁側日記

理屈

窓の障子が淡い橙色に染まった。陽の色だった。ここ一月近く江戸の空をおおって動こうとしなかった雲に、裂け目ができたようだった。

お登世が銚子を持ったところだったが、森口慶次郎は、猪口を置いて窓を開けた。降りつづいた雨に蓮の根もとの泥が浮き上がって、不忍池の水は薄鼠色に汚れている。その水が、雲の裂け目から一直線にそそいでくる陽の光をうけて、ひさしぶりに光っていた。

「まあ、お陽様」

お登世も贔屓の客がひさしぶりにたずねてきたような声をあげ、銚子を置いて廊下へ出て行った。女中達を呼んで、梅雨寒のために、閉めることの多かった障子や唐紙を開けるように言っている。かわりに、慶次郎が所望した熱い茶の湯呑みを盆にのせて、女中のおすみが入ってきた。八つの鐘が鳴ったのは四半刻も前のことで、仁王門前町の料理屋、花ごろもで今頃まで酒を飲んでいるのは、慶次郎だけだろう。

「それが、ほかにもいなさるんですよ」

と、おすみが言った。

孫の八千代に会いにいくと佐七に言って、仁王門前町で足をとめたのは昨日の午後のこと、そろそろ腰を上げて八丁堀へ行き、八千代に頬ずりをして早々に根岸へ戻らねば、閻魔大王は苦笑いをして嘘を見逃してくれても、佐七の機嫌はなおらぬにちがいない。

「お客様のことをあれこれ言うと、おかみさんに叱られるんですが」

おすみは盆を膝にのせ、慶次郎へにじり寄って声を低くした。

雲の裂け目は急速にひろがって行くようで、はたきをかけても雑巾がけをしても取りきれぬ埃が、光の筋の中で舞っている。窓からは不忍池を渡ってきた風が入ってきて、風に揺れた池の水が光を増した。

「あのね、先程、おかしなお客様がいらしたんです」

「先刻？　八つの鐘が鳴る少し前に、二階へ上がった客かえ」

「ええ。わたしはよくわからないんですけれども、おかみさんは、一文なしじゃないかって。そっとようすを見に行きなすった板前さんも、そう言ってるんですけど」

慶次郎は茶をすすった。自分の注文ではあったが、熱くて苦い茶だった。が、わるい苦味ではない。口中に残ったそれを味わいながら、慶次郎は、妙な客がきたのならなぜ自分に言ってくれぬのだと思った。お登世も板前も、客の懐具合を調べるわけにはゆかぬと言うかもしれないが、一文なしに食事をさせてしまうのは、その男に罪を犯させてしまうことになる。

商家は自分の店から縄つきを出すのを嫌う。ただ食いをされたお登世の店、花ごろもでも、今度だけは知らぬ顔をする、早く帰れと皆が口をそろえて言うだろう。が、それは罪を見逃すことになる。男に罪を犯させて帰すことになるのである。

罪を犯す前に事情がわかれば、手のうちようもある。わるいとは思ったが空腹に耐えきれず――とその男が言うのなら、めしを食わせてやればよい。花ごろもにしても、その方が気分はよい筈である。ただ食いただ飲みを繰返している輩とわかってから、番屋へ突き出して灸をすえてやればよいのだ。

確かに、あやしい客がくるたびに懐具合を探るわけにはゆかぬだろうが、一文なしと見抜いていながらめしを食わせてやり、今度だけは目をつぶってやると恩に着せて追い出すようなことを繰返していれば、相手も図にのってしまう。ただめしを食ったくらいで番屋に突き出されることはないと、甘く見られてしまうのである。食い逃げを繰返したあげく、目抜き通りの商家を強請るようになった男は、法外なことさえ言わなければすぐにいくらかの金を渡してくれる、こんなによい商売はないとうそぶいていた。

「もう一杯、お茶をお持ちしましょうか」

湯呑みの熱い茶は、わずかな茶殻を残してなくなっていた。慶次郎は、かぶりを振った。おすみは、丸い盆を杖のようにして立ち上がった。

足音が聞えた。二階へ駆け上がって行く足音だった。荒々しい足音は板前で、そのあとについて行くのがお登世らしい。「何か起こったようですよ」と、おすみは好奇心をむきだしにして部屋を出て行った。

おかしな客が、「めしは食ったが金はねえ」と開き直ったのかもしれなかった。慶次郎は、まぶしいほど光るようになった不忍池から目をそらせた。客が食い逃げであったとしても、慶次郎の出る幕はない。慶次郎が出て行けば、食い逃げは番屋へ突き出すことになるが、お登世と板前には別の考えがある筈だった。

おすみにはいらぬと答えたが、もう一杯、茶が飲みたくなった。が、手を叩いても返事がない。女中も、板前修業中の若者も皆、二階の廊下や階段の途中でようすを見ているようだった。

「しょうがねえな」

帳場の鉄瓶を持ってこようと、慶次郎は立ち上がった。階段を駆け降りてくる足音が聞えた。小さな足音で、慶次郎は、ただ食いをした男に詫び状を書かせることにでもなって、女中が硯箱を取りにきたのだろうと思った。が、足音の主は、奥座敷へ駆け込もうとして、その座敷を出るところだった慶次郎に突き当った。お登世だった。

「旦那、ちょっとお願い」

お登世は、突き当ったことを詫びようともせずに慶次郎の手を引いた。

「ご迷惑だと思いますけど、すみません、ちょいと二階へいらしておくんなさいな」

「そんなに引っ張らなくっても行くよ。どうしたってんだ、いったい」

「突き出してくれっていうんです、番屋に。こっちが目をつぶってやるって、そう言っているのに」

お登世は頬を赤くして、あきらかに怒っていた。ただ食いをされたことではなく、早く帰れというのに男が番屋へ突き出せと強情を張っていることが、我慢ならないようであった。

男は、膝を揃えて坐っていた。年齢は二十三か四か、二十五歳より上ということはなさそうだった。いつ髪結床へ行ったのか、月代はのび放題だし、自分でたばねたらしい髷には藁屑や木の葉がついている。神社や寺院の床下で寝ているのだろう。が、始終井戸や川で軀を洗っているのかもしれない、膝の上に揃えている手は案外にきれいだった。着ているものも案外に垢じみていないのだが、鉤裂きは何箇所もある。お登世でなくとも、一目で一文なしとわかる身なりだった。

もっとも、身なりにはまったく金をかけず、ひたすら銭をためて花ごろもの料理を食べにくる客もいる。慶次郎は一度、お登世と板前が下へもおかぬようにして迎えた客の姿に目を見張ったことがある。月代はのびているし、着物には継布があたっているのだが、月に一度は奥座敷で料理を食べてゆく常連の客なのだという。

それにしても、この客はよく食べたものだった。食べても食べても満足できぬほど空腹だったのかもしれないが、花ごろもの板前がつくる即席料理のほとんどを注文し、たいらげたらしい。手をついて詫びたらどうだと怒る板前に、軀を反らせて「番屋へ突き出してくれ」と頼んでいるのは、胃の腑がふくらみ過ぎて、頭を下げられぬのではあるまいか。そこまで黙って食べさせた、花ごろももも花ごろもだった。

笑いたくなった唇をむりにかたく結んで、慶次郎は男の前に腰をおろした。「よく食ったな」という言葉が、ひとりでに唇からこぼれ出た。

「それだけ食える軀があるんだ。番屋へ突き出せと開きなおる前に、なぜ働く気にならねえ」

幾度も口にしたことのあるせりふだった。言われた相手は、十人が十人、働かせてくれりゃ働くとうそぶく。働く気はあっても、雇ってくれるところがないというのである。

目の前の若い男も同じことを言った。が、その口調が少しちがっていた。「働きてえだよ、ほんとに」と、北関東のものらしい訛りのある言葉で訴えるように言い、べそをかくような表情になったのである。食べ過ぎて、腹が痛くなったのではなさそうだった。

「働きたくっても、働くところがねえってんだろう。聞き飽きたせりふさ」

「一所懸命、働いていたんだよ。でも、このお天気だ。荷揚げの仕事はねえし、引越す人もいねえから、その手伝いもできねえし」

慶次郎は口を閉じた。今年の梅雨は激しく降ることもなかったかわり、蜘蛛の糸のように粘っこくて細い雨が、地面に黴が生えそうなほど降りつづいた。大工も左官も瓦を葺く職人も、今年の雨はやむことを知らねえ、これでは泣く声も出ねえと嘆いていた。

「このようすなら明日は晴れるかもしれねえが、おらあ、もう腹ぺこで、空の俵もかつげやしねえ。どこかでめしを食いてえ、それだけしか考えられなくなってただよ」

男はふくらんだ腹を撫でながら、強い陽射しに明るくなった廊下へうらめしそうな目を向けた。

「おら達がただでめしを食えるところはよ、小伝馬町にしかねえものな」

「ばかやろう」

男の言う「ただでめしを食えるところ」とは、牢獄のことだった。

確かに牢獄で裁きを待つ者達には、一日に二度のめしがあたえられる。が、人が集まればどうしても上下の関係ができてしまう。町人が押し込められる大牢にはその上下があって、名主以下、二番役、三番役、本番、詰之番などという役人が十二人もいる。さらに、どういう手段を用いるのか多額の金を牢内に持ち込んだ者を隠居と呼ぶ。役人や隠居を称する囚人達が牢内の広い部分を占拠してしまい、他の囚人達は、数十人がわずかな畳の上に追いやられ、膝をかかえた姿のまま昼も夜も過ごしているのである。罪を犯す者がふえて大牢内の人数がふえると、その息苦しさに幾人かの命を奪ってしまうことすらある。牢獄は地獄だった。空腹に耐えかねて、牢獄で出されるめしをめあてに盗みを働く者もいるが、盗みをするなと言う前に、牢に入りたいなどという間違いを叱り飛ばしてやりたかった。

「小伝馬町でめしを食うなど、まったくばかなことを考えやがる」

「ばかは、わかっているだけっどもよ。こうするよりほかは、ねえべ」

「あるよ。それだけの軀があるんだ、一日中江戸の町を歩くぐらいのことはできるだろう。一日中歩けば、かなりの古釘が拾えるぜ」

「誰も教えてくれなかっただよ、そんなこと」

「だからよ、今日は見逃してやるから、明日から働く気になれと言ってるんだ」

「働きてえだよ、おらだって」

「だから、釘拾いでも何でもして働けと言ってるんだ。伝馬町送りになって、ろくなことはねえ」

「勘弁しておくんなせえ」

　男は、畳に両手をついた。

「勘弁しておくんなせえ。店から縄つきを出したくねえってことも、縄つきを出せばここのうちの人までがお奉行所へ呼び出されて迷惑だってことも、わかってはいるだよ。でも、明日になりゃまた腹はへる。が、仕事はねえ。おら、食えるところならどこへでも行きてえだ。どうぞ勘弁してやって、番屋へ突き出しておくんなせえ」

「ばか。伝馬町送りになったらどういう目に遭うか、わかってるのか」

「わかってる。わかってるけど、このままじゃ飢死しちまうから」

「何がわかってる、だ。何も知らねえんだよ、お前は」

この男も、牢内のことを知っていると思っているだけだった。牢獄のめしのまずさも、牢内で非道なことが行われているのも、どこからか耳にしてはいるのだろうが、それがどれほどのものであるのか、実は知っていないのだ。

「旦那。そんなに怒らねえでおくんなせえ。番屋へ突き出してもれえてえのなら、何もこんなに高い料理屋へくることはねえ、そこらの縄暖簾でただ食いをすりゃ充分だと思っているのかもしれねえけっどもよ」

話はずれている。慶次郎の舌打ちが聞えなかったのか、男は訛りの強い言葉で話しつづけた。

「でも、生れてはじめて、それに一生に一度のわるいことをするだもの、縄暖簾より、花ごろものような料理屋で飲み食いをしてえ」

「そんなことを怒っているんじゃねえ」

「食い過ぎたことかえ。それはあやまるだよ。これだけ食っただもの、ここのうちには大損をさせちまっただろう。おらだって、そんなことはしたくなかっただ」

「そうじゃねえと言ってるだろうが」

「でもよ、空き(す)っ腹(ぱら)をかかえて市中をうろつきまわっていても、どこかの軒下に坐り込んでも、追い払われるだけで牢獄へも入れてもらえねえだよ」

　慶次郎は口をつぐんだ。確かに、男が空腹に悩まされている間は見向きもされない。行き倒れとなってから、はじめて大急ぎで戸板がはこばれてくるのである。

「おらは、わるいことなんざしたくなかっただ。でも、わるいことをしなけりゃ、小伝馬町へ送ってもれえねえ。そりゃ行き倒れになればよ、息さえしていりゃ粥(かゆ)をすらせてもらえるかもしれねえ。もらえるかもしれねえが、それは粥をめぐんでもらうってことじゃねえか。おら、めぐんでもらうのはいやだ。小伝馬町の牢内でもっそうめしを食うのは、たとえわるいことでも、おらの働きで……」

「ばかやろう」

　あぐらの膝の上にあるこぶしが震えた。お登世や女中達がいなければ、男を殴り倒していたかもしれなかった。

　が、考えてみれば、確かに理屈は合っている。行き倒れとなって、たとえば庄野玄庵(しょうのげんあん)のもとへはこばれれば、胃の腑の負担にならぬようなやわらかな粥があたえられるだろう。体力が恢復(かいふく)すれば、白いめしも食べさせてもらえるにちがいない。ただ、それは男の言う通り、行き倒れとなった者へめぐんでやったものなのだ。働きたいと思っている者へ、ふるまわれたのではない。めぐんでもらうことを拒むなら、食べ物を盗みつづけるか金を奪うほかはなく、それがいやならば、小さな罪を犯して牢獄のめしを食うほかはないのである。

「すみません。つい食い過ぎちまってよ。ほんの少しくらいただ食いをしても、これだけの料理屋なら、びくともしめえと思っただけっど」

慶次郎は、お登世と板前をふりかえった。そのあとで慶次郎が何を言い出すか、二人には想像がついているのだろう。お登世は口許(くちもと)をほころばせて笑っていたが、板前はしぶい表情を浮かべていた。慶次郎は、男へ視線を戻した。

「今日のことは、お前(めえ)がどんなに頼もうとなかったことにする、そう言ったらどうする」

男は怪訝(けげん)な顔をした。

「ほかの店でただ食いをしろと?」

「ばかやろう」

抑えていた慶次郎の手が男の頬で鳴った。痛(いて)えと男は間(ま)のびした声で言って、「すみません」とあやまった。

「働くかと聞いているんだよ。どんな仕事でも、いやな顔をせずにひきうける気はあるのか」

「仕事があるんで？」

男が、慶次郎のあぐらに触れそうなほど膝をすすめた。板前が慶次郎の袖を引こうとしてお登世にとめられたのが、男から顔をそむけた目の端に映った。

「すぐに、とはゆかねえかもしれねえが」

「ほんと、ほんとですかえ、旦那。あてにしててもいいだね、ほんとに」

板前の表情が脳裡をよぎったが、慶次郎はうなずいて立ち上がった。早足で階段を降りて行くと、やはり板前が追いかけてきた。

「うちはだめですよ、旦那。あの年齢になってから板前の修業をしようたってむりな話だし、矢作ってえ庭掃きもいる。旦那に頼まれると、おかみさんはいやと言えねえにきまっているから、先にあっしが言っておきやす」

階段の上にお登世の姿はなかった。ただ食いをした男の、名前や素性を聞いているのかもしれなかった。

大吉という名前の男だった。

立ったところを見ると、長身の慶次郎と同じくらいの背丈はありそうで、その上「旦那も年齢の割にはいい軀をしていなさるね」と佐七が口惜しそうに言う慶次郎より、はるかに骨の太そうな感じがする。雨で仕事がなく、鍋釜どころか箸まで質草にする食うや食わずの暮らしがつづき、花ごろもへくる前日は、ついに一粒のめしも口にすることができなかったといい、矢作が割った薪の束を軽々とはこびながら、梅雨の前にはもっと力があったと嘆いていた。

年齢は二十三だと言っていた。わずかな田畑を持っている農家の次男で、兄が長患いをしている間は両親からも嫂からも頼りにされていたが、兄が不思議としか言いようのない恢復をとげて事情が変わった。

江戸へ出てきたのは、兄に子どもが生れた一昨年の夏であったという。ほかに、当時十五歳だった弟もいて、仮にまた兄が患いついても、田畑を耕す人手は充分にある。自分はごくつぶしにしかならないと考えてのことだったそうだ。

出稼ぎに行ったことのある者から江戸での経験談を聞き、大吉は『雇人請宿』の看板を探した。食事代やら行燈の油代などを払わねばならないが、請宿は仕事が見つかるまで泊めてくれる。幸いなことに、仕事はすぐに見つかった。海産物問屋が、荷揚げの人足を探していたのである。

大吉にとって、軀を使って働くほど心地よいことはなかった。よく働く男がいると、人足頭や問屋の間で評判になったようで、舟の遅れや船主と問屋との揉め事でふいに仕事がなくなったことはあるものの、依頼がとぎれたことはない。ことに雪の日は、荷車の後押しでも雪かきでも三百文もの手間賃を稼ぐことができ、ひえた軀を湯屋で暖めて、さらに縄暖簾の酒で暖めることもできた。

翌年の梅雨の季節も、仕事こそ少くなったが、食べるに困ることはなかった。晴れ間もあったし、小雨の桟橋に舟が着くこともあった。雨であろうが夏の日盛りであろうが、家で寝転んでいるより軀を動かしていた方がいい大吉にとって、江戸は極楽だった。

が、今年は仕事がない。晴れ間のなかったことが最大の原因だろうが、大吉が人宿――雇人請宿の主人から聞いたという話によると、どこの問屋も、商売物が動かなくて困ると嘆いているというのである。

そういえばと、慶次郎は思った。市中を走る荷車や、商家の荷蔵がならんでいる深川の仙台堀へ入ってゆく舟の姿を、あまり見かけなかったような気がする。蔵の中の商売物が売れずにいるのであれば、仕入れを控えるのは当然だろう。

翌日、慶次郎は霊岸島へ足を向けた。お登世は大吉を雇うつもりらしかったが、板前は口を真一文字に結んでかぶりを振っている。山口屋に頼むほかはなかった。

「お蔭様で、私どもの売れゆきはさほど落ちておりませんが」

と、山口屋の大番頭、文五郎は言った。

「その大吉さんとやらは、算術がおそろしく達者とか、十二、三の小僧達に手習いをしてやれるとか、何か、私どもの奉公人が足許にもおよばぬ技をお持ちでございましょうか」

慶次郎は、首を横に振った。十か十一の頃から鍬をふるっていたという男である。算術はおろか、算盤の珠をおくのもできるかどうかわからない。大吉から身の上話を聞いたお登世も、お金の勘定や文字を書くのは苦手のようだと言っていた。正直そうな男ではあり、代金の計算ができれば帳場の仕事を手伝わせてもよいと思ったのだというが、寄せ算はどうにかなるものの、引き算になると時間がかかる。まして掛算や割算になると、簡単なものもできないというのである。読み書きも、ひらかなだけのようだった。

「薪割りとか水汲みとか、酒樽をはこぶとか、そういう仕事はねえのかえ。そういう仕事になると、実によく働くのだが」

「あいにく、こちらでは――。が、先刻、主人も申しておりましたのですが、しばらく根岸の寮においてはいかがかと」

佐七も年齢をとってきたし、大吉に薪割りや風呂の水汲み、庭掃除などをさせれば慶次郎の負担が軽くなると、佐七が聞いたならば、頰をふくらませて二、三日は口をきいてくれぬようなことを文五郎は言った。

あの日の晴れ間が嘘のように、また雨の日がつづいているが、やがては晴れる。晴れれば、働き者の大吉に仕事のこないわけはない。それまで寮においてやってもいいかと頼むつもりでもあったのだが、佐七の手伝いに雇ってもいいと言われると、それも切り出しにくくなった。大吉は、親切心から佐七の仕事を奪ってしまうだろう。庭掃きも風呂の水汲みも佐七より早く、手際よく片付けて、佐七の自尊心を粉々に砕いてしまう筈だった。

慶次郎は、商売の邪魔をした詫びを言って、山口屋をあとにした。

大吉は今、根岸の寮にいる。

あの大きな背中なら、背負われた八千代もよく眠れるだろうと八丁堀の屋敷に連れて行ったのだが、すぐに晃之助も皐月ももてあましてしまったらしい。真面目過ぎるというのである。

倅（せがれ）の屋敷へ行こうと言われ、慶次郎がもと定町廻り同心（じょうまちまわりどうしん）であるとわかると、大吉は目を見張って「旦那は偉いお方じゃねえかよ」と言った。その偉いお方の孫の守りを頼むと言われて、大吉は、望外の大仕事をひきうけたような気持になったのかもしれない。八千代から離れず、まだ足許のおぼつかない八千代が走ろうとすれば「あぶない」と叫んで抱きとめ、くしゃみをしたといっては自分の手拭い（てぬぐい）を八千代の首に巻きつけるありさまで、八千代に嫌われてしまったようだった。

雨はまだやまない。佐七は、雨の中を湯殿と井戸端を往復するのは億劫（おっくう）であるかして、「今日は軀を拭き（ふき）ゃいいよな」とか「旦那、水汲みをする気はあるかえ」などと言うのだが、大吉は笠（かさ）をかぶり、上半身裸になって、嬉々（きき）として外へ飛び出して行く。洗濯物が早くかわくように、かたくしぼる技は、佐七はおろか慶次郎も真似（まね）のできることではなかった。が、有難いと思ってばかりはいられない。佐七は山口屋が佐七のかわりに大吉を雇うのではないかと不安になったようで、大吉から仕事を奪い返すのに必死だった。

大吉の仕事は見つからない。出前持ちがやめてしまった蕎麦屋（そばや）や、弥五（やご）がやめたあとの湯屋にも声をかけてみたが、今はそのあとの人手に困るということはないらしい。

蕎麦屋でも湯屋でも、実直そうな顔つきの若い男がすでに働いていた。

残るは、庄野玄庵しかいない。今は玄庵の弟子がひきうけている飯炊きや掃除を大吉の仕事にしてもらいたいが、身動きのできぬ病人を抱いてはこぶ時も、大吉は役に立つだろう。

先日、出かけたばかりの八丁堀へ行き、玄庵の家の門をくぐると、慶次郎を見かけた弟子が玄庵の居間へ案内してくれた。庖丁で指を切り落としてしまった板前修業中の若者が飛び込んできて、玄庵は、その治療にあたっているのだという。しばらく待ってくれと言って、弟子は病人の診立てをする部屋へ戻って行った。

晒布をとか、病間へとか言う玄庵の声が聞えてきたが、それきりその弟子も顔を出そうとしない。ほかにも急な病いを訴える者がいて、玄庵も弟子も、慶次郎のきていることなど忘れてしまったのかもしれなかった。

慶次郎は、部屋の中を見廻した。幾度か案内されたことのある部屋だが、あらためて見廻すと、はじめて入った時よりも薄気味わるさがました。みみずが這ったあとのような横文字の本がならんでいるのは我慢するとしても、壁に何枚も貼られている人間の軀の中の図は、決して夕暮れの薄闇の中では見たくない。

玄庵は、壁に貼ってあるのは人間の軀の中を正確に描いたものではあるけれども、ただの絵だという。定町廻り同心時代の慶次郎が目にしていたのは、軀の一部が切り裂かれたり臓腑が外に飛び出したりしている死骸であり、その方がよほど気味わるいということになる。が、定町廻り同心だった慶次郎は、毎日、死骸を見ていたわけではない。死骸を目にすることは、むしろ稀だったのである。

それに慶次郎は、死骸を目にするようなことがないように、言い換えれば人殺しなどという事件が起こらないように努めてきたのだ。玄庵は、病人の治療を終えるとこの部屋へ入ってくる。夕暮れ時も、真夜中も、薄気味のわるい人間の軀の図にかこまれて、みみずの這ったような横文字の本を、懸命に読んでいる。玄庵の方がずぶといと慶次郎は思う。

「や、まだいたのか」

その玄庵が、憎まれ口を叩きながら部屋へ入ってきた。いつも着ている白の筒袖を脱いでいるのは、外科の治療をして、病人の血がついてしまったからだろう。

「いそがしい時に邪魔をしてすまないが」

「なに、わたしは旦那のように気楽なご身分じゃないからね。いつだっていそがしい」

そう言いながら、玄庵は、慶次郎が寄りかかっていた机の上を見た。

「茶も出てなかったのか。申訳ない、上等の茶の葉で飲みごろのをいれてこよう」

身軽に立ち上がった玄庵を、慶次郎はあわててひきとめた。

「なあ、先生。そういうことをやってくれる奴が一人、いてくれるといいとは思わねえかえ」

「別に」

玄庵は、あっさりと答えた。

「わたしは、こういうことをするのが苦にならないたちでね。だから、女房をもらおうとは思わないんだよ」

「その、――女房の話じゃねえんだ」

玄庵は、呆れたような表情を浮かべた。

「山口屋をしくじりなすったのか」

「え？」

「旦那のことだから、文句も言わずに寮番をつとめているとばかり思っていたのに」

「いや、俺のことでもねえんだよ」

慶次郎は、大吉について手短かに話した。

「ま、もうじき今年の梅雨はあけるだろう。大吉ももとの暮らしに戻れるだろうが、梅雨ってえ奴は来年もくる。その前に、秋の長雨ってえこともある。その頃はどこの問屋も商売がうまくいっていて、仕事にあぶれることはねえかもしれねえが、逆にもっと商売物が売れなくなっているかもしれねえ」

話を聞けば、江戸で暮らせなくなったからと、故郷へ戻ってもよい身の上ではなさそうだ。

「働き者のようだから、日傭取りで暮らしてゆけねえことはなさそうだが、雨が降るたびにひもじい思いをするようなことがあっては可哀そうだ。雨が降りつづいても、食う心配だけはねえようにしてやりてえんだよ」

「旦那が頼みにきそうなことだ」

玄庵は低い声で笑った。

「大吉ってえ男一人を救ってどうする、江戸にゃ大吉のような男が大勢いるんだ——なんぞとは言わないよ、わたしは」

「有難え」

「旦那の前だが、人間、たいしたことはできないね。できることから、こつこつやるにかぎる」

「仰せの通りだ」

「長崎で覚えた医術だって、すべての病いを癒せるわけじゃない。この間も、坂本町の豆腐屋が風邪をこじらせて死んでしまったが――。風邪さえ癒せない医者だが、働き者にひもじい思いをさせないくらいはできるだろう」

豆腐屋を死なせてしまったことが、よほど心に残っているのかもしれない。玄庵は彼に似げない溜息をついて、「思うようにはゆかぬものさ」と言った。

「働き者がいるってのに雨が降りつづく。風邪ひとつ癒せない本道の医者だってのに、今日は朝から足の骨が折れたの、指を切ったのという病人ばかりだ」

「断らないのだろう、診立ては」

「当り前だろう」

玄庵は苛立った声で言った。

「本道の医者と承知できた病人だ、誰が断れるか」

だが、思うような治療ができないと、玄庵はまた溜息をついた。外科の病人のための施術も行なっている筈だが、思い通りにゆかぬ時は、外科の医者ではない自分に腹が立ち、しまいには、なぜ大変な怪我をした者が本道の医者にくると、病人に八つ当りをしたくなる時もあるのだろう。

「で、その大吉とかいう男だが」

玄庵が言った。

「力持ちのようだから、病人を病間へはこんでもらうような仕事を頼むことにするよ。ただね、ご存じの通りの貧乏医者だ。ろくに給金も払えない時があるかもしれないよ」

本道の医者、庄野玄庵のもとへ怪我人や産気づいた女までが駆け込むのは、治療代も薬代も後払いでよいからだった。一文なしでも、駆け込めば診てもらえるのである。多くの病人は、働けるようになってから治療代や薬代を持ってくるが、なかにはそのままにしてしまう者もいる。玄庵は、病人の数が多いほど貧乏することになっているのだった。

「有難え。迷惑をかけるが、先生、よろしくお頼み申すよ」

「旦那にゃ迷惑のかけられっ放しだ」

玄庵は、掌で顔を撫でて笑った。

だが、大吉は、半月もたたぬうちに根岸へ戻ってきた。気のせいか、少し痩せたように見えた。わけを尋ねると、玄庵のもとで働くようになってから、めしがのどを通らぬのだという。

「何かこう、胸のあたりに何かがつまっているような気がしてよ、気分がわるいだよ」

と、大吉は泣きそうな顔で言った。

「旦那のところへ行かせてくれと頼んで、根岸の道を歩いていたら気分がよくなって、腹もへってきたけっど」

「そりゃよかったと言いてえが、お前、玄庵先生に診てもらったかえ。胸ん中とか腹ん中の病いを癒すのは、玄庵先生の右に出る者はいねえぜ」

「旦那のお言葉だが、玄庵先生じゃだめなんだよ」

大吉の胸をつまらせ、食欲を奪ったのは薬のにおいと、慶次郎も薄気味わるいと思った体内図だった。

「玄庵先生にも旦那にも申訳ねえけっど、この二つだけは、どうしても我慢できねえ」

「我慢できねえって、お前、医者へ行ったことはねえのかえ」

「ねえ」

大吉は、大きくかぶりを振った。

「薬も飲んだことがねえ。風邪をひいても、貰い風呂をしているうちの人に長湯をさせてくれって頼んで、よく躯を暖めて寝ちまえば、翌る日は洟も出なかっただ」

畦道を走りまわっている子供の姿が目の前にうかんだ。鮮明ではない姿だったが、子供の頃の大吉に間違いなかった。転んでも、水田に落ちても、大吉はすぐに起き上がり、泥だらけの顔で笑って、また走り出した。水田を耕している若者も見えるが、多分、十三か十四の大吉だろう。大吉少年は鶏が鳴くのを合図に起き出して、にぎりめしと、鎌や鍬や鋤を入れた籠を背負い、一里近い道を歩いて水田へきたにちがいない。鍬をふるう手を休めて深呼吸をしているが、存分に息を吸っても、混じっているのは畦道の芹や空地の松のにおいだけで、薬草のにおいもない筈だった。

「わかったよ。玄庵先生には、俺から話をしよう」

「申訳ねえです」

大吉は肩をすぼめて頭を下げた。

「で、これからだが」

「へえ」

「塩売りってえ商売はどうだ。手軽にはじめられるのが取得だが」

「へえ。実は、やったことがあるだけっど、なかなか勘定が合わなくって。あんまりお客を待たせるのはいけねえと思って、あわてて釣銭を渡すだけどね、少く渡しては申訳ねえべ。だから塩屋へ行って仕入れの金を払うと、おらの取り分がなくなっちまうだよ」

慶次郎は大吉を見た。この男の頭には、釣銭を多くもらった客がそれを返してくれなかったことへの不満は浮かんでこぬらしい。

「もったいねえな」

そんな言葉が口をついて出た。

こんな男にこそよい仕事があって当然なのに、薬のにおいがして薄気味のわるい体内図がある玄庵の家でしか働くところがないのである。釣銭を少く渡しては申訳ないという大吉の話を聞けば、それでは儲けがなくなってしまう、そんな男は雇えないと商家は言うだろう。が、わるいのは、釣銭を多くもらっても返さぬ方ではないか。釣銭は少く渡せと、よく塩屋が教えなかったものだと思う。釣銭を少く渡せば、客は必ず足りぬと言う。足りぬ分を渡すようにしていれば、大吉の取り分がなくなるようなことはなかった筈だ。ただ、そのかわりに大吉は、釣銭は少く渡せ、客が気づかなければこちらの儲けというずる賢さを身につけてしまったかもしれないが。

生き馬の目を抜く江戸で、大吉は、よくぞ生れた時からの長所を持ちつづけられたものだった。だが、もう薬のにおいのするところで働かなくてもいい、客に釣銭をごまかされながら塩売りをしなくてもいい、そう言ってしまうと、この病気知らずで正直な若者の働き場所がなくなってしまうのである。まったく理屈に合わない話だった。

「あの、出来のよくねえ頭で考えただけっど」

大吉は、口ごもりながら言った。

「おら、日傭取りにむいているんじゃねえかと思うだよ」

慶次郎は、黙って話の先を促した。

「荷揚げの仕事をしていると、問屋の手代（てだい）さんや小僧さんが、重い荷物にてこずっている時がある。そんな時、おらが蔵の前までその荷物を持って行ってやるだ。軽々とね。手代さんだけじゃなく、番頭さんが出てきてお礼を言ってくれたこともある」

礼を言っても、翌日になれば番頭も手代もその人足の顔を忘れているだろう。彼等が持てなかった荷物を軽々と持ってやった大吉の誇りになど、気がつきもしない。

「おら、また荷揚げの仕事をする。雨はもうあがるだろうし、そうなりゃ堀割の水もひく。きっと、いそがしくなるだよ」

「わかった。好きな仕事をするのが一番いい」

「よかった。おら、せっかく医者の家の仕事を世話してやったのにと、旦那に怒られるんじゃねえかと思ってただ」

少しばかり、怒りたかった。仮に大吉が玄庵のもとで一年間働いていたならば、「玄庵先生のお弟子さん」として、かなりの人に知られるようになっただろう。「玄庵先生のお弟子さん」が薪割（まきわ）りをしてくれるのなら、風呂の水を汲（く）んでくれるのならと、雇いたくなる者もいた筈なのである。大吉にその気があれば、玄庵の家にいる間に読み書きも覚えられる。日傭取りのその日暮らしと別れられる、よい機だと思っていたのだ。

「荷揚げの仕事を待つのなら、人宿にいる方がいいだろう。花ごろものめしが食いたくなったら、遊びにきねえ」

「有難うございます。が、恥ずかしくって、二度と花ごろもへは行かれねえ」

いや、花ごろもの味など、働き出せばすぐに忘れてしまうにちがいなかった。思いきり軀を動かして働いたあとのにぎりめしと井戸の水は、どこの料理よりも、どこの酒よりもうまい。働いているかぎり、大吉は花ごろもの料理を食べたいとは思わないだろう。

「それじゃ、仕事の終ったあとで泊りにきねえ」

その時は、文五郎も呼びに行く。二十年後、或いは十年後かもしれないが、佐七と慶次郎があいついで逝ったあと、山口屋はこの男を寮番に雇えばいい。大吉も年齢をとるし、山口屋にも正直な寮番は必要だ。

ようやく辻褄が合ったように思えて、慶次郎は、茶をいれる気になった。

三姉妹

湯殿の掃除をすませ、いつでも沸かせるよう湯槽に水もはって、慶次郎は着ていたものを籠の中へ脱ぎ捨てた。これから辰吉の家へ行くつもりだった。

青い葉を茂らせている楓の木に、かわるがわるとまりにくるのだろう、みんみん蟬の声が、とぎれることなく聞えてくる。湯殿のすのこに降りて、湯槽の水を桶に一杯もらい、汗にまみれた軀を拭いた。井戸から汲んできたばかりの水は、きりりとひきしまった感じがして、手拭いをその中へひたしただけでも、つめたさが手から軀へつたわった。

今頃、辰吉は日盛りの市中を歩いているにちがいない。市中見廻りの晃之助が浅草へくる前に、大小さまざまな出来事を調べておいて、町方の手を借りた方がよいと思うことを、晃之助の耳に囁くのである。家ではおぶんが一人、物音をたてまいとしているかのように茶の間の隅に坐り、繕いものをしている筈だった。浅草天王町まで行くまでにはまた汗をかいてしまうが、辰吉が相手ならともかく、おぶんをたずねて行くのに、はじめから汗まみれの軀で出かけては行けなかった。

新しい下着をつけただけで居間へ行き、簞笥の引出を開けていると、庭を佐七が通って行った。紙袋をかかえているのは、よろず屋で煎餅を買ってきたにちがいない。まだ怒っているのかと思ったが、裏口から上がった足音が聞えるとすぐ、台所との境にある板戸が開いた。

「旦那、すまなかったね」

これから出かけるという慶次郎の一言に、「出かける、出かけるって、それでも旦那は寮番かえ」とつむじを曲げた佐七だったが、煎餅を買って帰る間に怒りはさめたらしい。

「番頭さんのかわりに、夜が明ければ出かけると言う旦那を怒ってやったんだが、俺の柄ではないと気がついてね」

佐七は、もっともらしい口調で言いながら居間へ入ってきた。戸口に近いところに膝をそろえて坐り、うちわへ手をのばす。

幾度か洗い張りの水をくぐって、軀になじんできた越後上布を身にまとっていた慶次郎は、足許へたれた帯を軽く蹴った。毎日出かけているわけではないが、確かに五日ほど前には八丁堀へ行き、八千代と転げまわって遊んで、その帰りに花ごろもへ寄った。近くの湯屋へ行って汗を流し、お登世の酌で酒を飲めば、駕籠で帰るのも億劫になる。佐七の機嫌がわるくなるのももっともで、しばらく外出すまいと思っていたのだが、つい先刻、よろず屋へ鼻紙を買いに行く途中で弓町の太兵衛に出会った。京橋界隈で押込を働いた男が谷中にひそんでいると聞き、探索にきたのだという。

「ま、あんまりあてにはならねえ知らせだとわかっちゃいたんですがね、念のためにと思いやして」

案の定、嘘っぱちだったと太兵衛は苦笑して、あらためて慶次郎を見た。ほっとした表情になったように見えた。

「旦那、ご存じでやすか。辰吉親分とこの……」

太兵衛はちょっと口ごもって、「おかみさん」という言葉を選んだ。

「ひょっとすると、おめでたかもしれやせんよ」

知らなかった。八丁堀を訪れた時に晃之助にも会ったが、彼も辰吉の女房、おぶんについては何も言わなかった。

「晃之助旦那もご存じないんじゃありませんか。いや、ことによると辰つぁんも知らねえかもしれねえ」

昨日もその押込の探索のため、太兵衛は天王町へ行った。ごく近頃天王町へ引越してきた男がいるという知らせがあったのだった。辰吉につきあってもらい、その男のようすを八百屋へ尋ねに行ったのだが、八百屋の女房は、それどころではないだろうと言いたげな口調でおぶんの軀のことを話してくれた。辰吉が席をはずした間のことだった。

「おかみさん、中条流へ行くつもりのようでやすよ」

子堕ろしをひきうける医者へ行くつもりだというのである。

「八百屋の女房は、おぶん――いえ、おかみさんから、決して誰にも言ってくれるなと頼まれているので、辰つぁんには内緒にしておいてくれと言うんですが、こんなことを、あっし一人の胸にしまっておけるわけがねえ。ゆうべ、どうしたものだろうと、うちの女房に相談しやしたよ。が、女房の頭じゃ、ろくな知恵が出てこねえ」

旦那に会えてよかったと、太兵衛は、肩の荷がおりたような顔をした。すべてを慶次郎にまかせたつもりになったのだろう。が、さずかりものなのだからとおぶんを説得する以外、慶次郎にもよい知恵は浮かんでこない。ともかくおぶんに会ってみようと思ったのだった。

「そうやって出かけて行くところを見ると、ご大身の殿様のようだね。捨てたものじゃないよ、旦那も」

表口まで見送りに出てきた佐七が、風呂の水を汲んでもらった礼のつもりか、精いっぱいの世辞を言う。

慶次郎は、照りつける陽射しを開いた扇子で遮って門を出た。鬱陶しく葉の茂った隣家の桜の木でも、しきりに蟬が鳴いていた。

二度、案内を乞うたが返事はない。風を通すつもりか、窓の障子は開いているのだが、出入口の格子戸には心張棒がかってあった。「しょうがねえな」とひとりごちながら、慶次郎は数軒先にある八百屋へ足をのばした。

隅田川からの風は大名屋敷に遮られ、道からの熱気ばかりがこもっているような店先には誰もいず、声をかけると、茶の間で麦茶を飲んでいたらしい女房が、噴き出した汗を拭いながら店の土間に降りてきた。窓に吊してあるらしい風鈴が、一度だけ鳴った。

「暑いね」

「ま、森口の旦那じゃありませんか」

辰吉と一緒にこのあたりをまわっていた慶次郎を覚えていたのか、女房は、店のうしろの茶の間を指さした。上がれというらしい。

「猫の額ほどですが庭があって、そこから風が入ってくるんです。店にいるより涼しいんですよ」

また風鈴が鳴ったが、慶次郎はかぶりを振った。が、女房は、もう一度茶の間を指さした。

「おぶんちゃんに会いにきておくんなすったんでしょう？　お願い、言ってやっておくんなさいよ、旦那。せっかくさずかった命を粗末にするんじゃないって」

「そう言うつもりなんだが、肝心のおぶんがいないんだよ」

「ああ、お昼前にね、出かけたんですよ。畳町まで行くと言ってましたけど」

頭の中の廻燈籠が、かなりの早さでまわりはじめた。できることなら、とめておきたい廻燈籠だった。

娘の三千代がこの世から去った年の冬、慶次郎は畳町へ行き、惣菜屋の女房におぶんの父親の行方を尋ねた。その頃、おとしといっていたおぶんは、惣菜屋の娘になりたいと言い、惣菜屋の女房もその気になっていたようだった。

「もう帰ってくる頃だと思うんですけどね」

八百屋の女房は、白く光っている道の真中へ出て行った。額に手をかざし、道の左右を見廻しているが、日盛りの道に人影はない。

「旦那がきなさるとわかっていりゃ、行先をはっきり聞いておいたんですけれど」

おぶんは八百屋の女房から、子堕ろしをしようなどという、とんでもない心得ちがいをするなと叱られたにちがいない。

もう一回、燈籠がまわった。そこにはおぶんの父の喜平次――常蔵の、妙につるりと整った顔が描かれていた。

常蔵の血をひく子を生みたくない気持は、慶次郎にもわかる。が、その間にある経緯を八百屋の女房に打ち明けるわけにはゆかず、おぶんは畳町の惣菜屋をたずねて行ったのだろう。たずねて行っても、答えは同じ筈だ。

「せっかくさずかった子を、お前一人の考えで死なせてしまうなんて、罰が当りますよ」

慶次郎もそう言うつもりだった。辰吉の前妻のおたかも、常蔵に犯されて命を絶った三千代も、そう言っているだろう。生れてくるのは、常蔵の孫ではない。辰吉とおぶんの子供なのだ。

うちでお待ちになりませんかと言う八百屋の女房に礼を言って、慶次郎は店を出た。惣菜屋の女房が、身重とわかった女をこの炎天下に帰すわけがない。おぶんが戻ってくるのは、おそらく夕暮れになる。

慶次郎も日陰をよって歩いていたが、すぐに後悔した。八百屋の茶の間に上がらぬまでも、つめたい麦茶を一杯、所望すればよかったと思った。しかも、小腹が空いてきた。つめたい水と、つめたい水をくぐらせた茹でたての蕎麦が目の前に浮かんできて、ひとりでに足は元鳥越町に向った。

が、馴染みの蕎麦屋の戸は閉まっていた。亭主が病んだかして、休んでいるらしい。ほかの蕎麦屋へ入る気にもなれず、慶次郎は、目についた寺院の門をくぐった。御手洗の水を飲ませてもらい、礼のつもりで賽銭箱に銭を投げ入れて踵を返すと、誰もいなかった御手洗の屋根の下に女が立っていた。寺院が多いこのあたりには、ひそかに僧侶の相手をする女達がいる。そんな女達だけが住んでいる一劃もあるが、御手洗の屋根の下にいるのは、自分の家や中宿で商売をする、地獄と呼ばれる女のようだった。

慶次郎は、知らぬ顔をして通り過ぎようとした。実情はどうであれ、遊廓は吉原だけ、私娼はいてはならないことになっている。もと定町廻り同心の慶次郎は、見て見ぬふりをしてやったつもりだったが、女の方から声をかけてきた。

俺に声をかけるのかと思ったが、山口屋の寮番となってからでも数年が過ぎている。かつての森口慶次郎を知らぬ女がいても不思議はない。佐七は大身の旗本のようだとおだててくれたが、女は、気楽な着流しで御手洗の水をがぶがぶ飲んでいる姿を見、大勢の弟子を集めて何不自由なく暮らしている手跡指南所の師匠と思ったのかもしれなかった。

「旦那、一休みなさいませんか。ほら、たった今飲みなすった水が、もう汗になってるじゃありませんか」

慶次郎は、袂から手拭いを出した。女の言う通り、衿首に大粒の汗が噴き出していたが、飲んだ水ばかりが原因ではないだろう。ぞっとして噴き出す汗もある。紅色で撫子を描いた絽を着ているが、女の顔には深い皺が刻まれていて、その皺に白粉が詰まっていたのである。苦労を重ねて人より早く老けたとしても、慶次郎より年上であるのは間違いなかった。

「すまねえな、急いでいるんだよ」

「嘘ばっかり」

女の手がさりげなく懐のあたりに触れた。懐には、場合によればおぶんに渡すつもりだった金が入っている。大金ではないが、女のふしくれだった指は、確実にそれへ触れた筈だ。

「急いでいる人が、こんなお寺に寄るものですか。のどがかわいたなんて言訳は通用しませんよ。急いでいるなら、さっさと用事のあるところへ行きなすって、そこで水でも麦茶でも、こころゆくまで飲ませてもらやいいんだから」

「なるほどね」

うなずいたのを見て、女は腕を慶次郎のそれへ巻きつけてきた。その気があると思ったようだった。皺に入り込んだ白粉や、額の汗でまだらになっている白粉が目の前に迫ってきて、慶次郎の衿首にまた汗が噴き出した。

「離せと言ったってだめだよ」

女は、白粉がきれいに塗られているところのまったくない顔で笑った。

「旦那なら、渡辺綱を知ってるだろう？」

平安京の一条戻橋で、鬼女に襲われた綱は、鬼女の腕を斬り落とす。まだらな白粉の鬼女も、腕を斬り落とされぬかぎり、慶次郎から離れぬつもりらしかった。

「戻橋の鬼女は腕を取り返しに行ったけど、斬られたら、わたしゃ化けてでるからね。化けてでも旦那を客にして、おあしをもらってくる」

「わかったよ」

ご法度の地獄だが、五十過ぎと思われるまだらな白粉の鬼女を、大番屋へ送り込む気にもなれなかった。慶次郎は、鬼女の家へ行って自分の正体を明かし、油をしぼるつもりで歩き出した。

「今帰ったよ」と言って、女が格子戸を開けた。辰吉の家に似た造りの仕舞屋で、表口の板の間の向う側は四畳半の茶の間、開け放してある障子の間から、火の入っていないらしい長火鉢が見えた。

その長火鉢をはさんで、二人の女が坐っている。一人は表口に背を向けているし、もう一人はその女の陰になって、煙管を持っている腕のあたりだけが見える。一人は白く桔梗を染め抜いた臙脂色の着物、もう一人は錆朱の縞の着物を着ていた。古着らしいが、若い女が着ていてもおかしくない柄と色である。慶次郎は、自分の腕を捕えて離さない御手洗の女が、女将であるのかもしれないと思った。たまたま寺院へ参詣にきて慶次郎に出会い、よい鴨とばかり、強引に家へ連れてきたのだろう。

が、「お客様だよ」と言われ、嬌声を上げて立ち上がった二人を見て、衿首だけではなく、背にもつめたい汗が流れた。桔梗の女は少くとも四十七、八歳、縞の着物の女にいたっては、六十に手が届くのではないかと思われた。御手洗にいた女に勝るとも劣らない深い皺を、二人とも額にも口許にも刻みつけていたのである。

「いらっしゃいませ。さ、どうぞお上がり下すって」

「いや、俺はその……」

「おさよ姉ちゃん、お前、何という顔をしてるの。汗で白粉がはげているよ。わたしが旦那のお相手をしている間に、早くお化粧を直しておいで」
四十七、八と見える桔梗の着物の女が三和土へ降りてきた。おさよというらしい御手洗にいた女は、桔梗の女が慶次郎の腕に腕をまきつけたのを見て、自分の腕をほどいた。慶次郎の右腕は、年寄りとは思えないおさよの熱気から解放されたが、今度は左腕におさよとおなじ熱気がからみついた。
「ちょいと待っておくんなさいね、旦那」

おさよは小首をかしげて笑って、先に茶の間へ上がって行った。茶の間の向う側にある台所へ行ったようで、水音が聞えてくる。汗にまみれた顔を洗っているのだろう。

「お暑かったでしょう、旦那。おきょうちゃん、早く旦那を涼しくして差し上げて」

と言いながら、縞の着物の女も三和土へ降りてきた。おきょうが慶次郎の腕を引き、縞の着物の女が慶次郎の腰を押して踏石の上へ押し上げ、さらに板の間へ押し上げた。

「ご遠慮なさらずに、旦那」

おきょうは、精いっぱいの力で慶次郎の腕を引く。敷居の前で踏みとどまろうとしたが、縞の着物の女の体当りで、慶次郎の軀(からだ)は茶の間に入った。

素早く、縞の着物の女が障子を閉めた。突き当りにある窓は開いているが、すぐ裏手に家が建っているらしく、風も光も入ってこない。「旦那を涼しくして差し上げて」とは、慶次郎のそばから離れてもいいという意味だったようで、おきょうは慶次郎の腕を離して台所へ出て行った。

ふりかえると、縞の着物の女が障子の前に蹲(うずくま)っていた。開かないように、細工をしたらしい。おきょうが台所へ出て行ったのも、裏口の戸に錠をおろすためだったのかもしれなかった。

表口からの明りを障子で遮られて、部屋は薄暗い。おきょうはすぐに茶の間へ戻ってきて、厚くまだらに塗られた白粉の顔がぼんやりと浮かび上がった。

「おさよちゃん、何をしているの。お化粧はあっさりがいいよ」

縞の着物の女が台所へ向って声を張り上げた。

おさよか――。

慶次郎の苦笑が見えたのかもしれない。縞の着物の女が肩をそびやかした。

「わたしゃ、ことって名前です。妹やわたしの名前を聞いて噴き出す人は多いけど、いったい何がおかしいんですかね。ことも、さよも、わたし達がつけたのじゃない、生れた時に親がつけてくれたんですよ。おぎゃあと生れた赤ん坊を見て、この子もやがては皺だらけの婆あになると、誰が思うかってんだ」

三千代が生れた時、慶次郎も考えに考えた末、響きの可愛らしい名前を選んだ。三千代は名前の響き通りに愛くるしい子となり、美しい娘に育った。みずから流した血の海の中で果てるなど、想像したこともなかった。

「わたし達は、親のくれた名前のまんまで生きてきたんですよ。自分の名前を恥ずかしいと思ったことなんざ、ありゃしません。名前を変えなきゃならないようなことだって、ただの一度もしちゃいないんだ」

私娼はご法度だと思ったが、黙っていた。

「よしなよ、おこと姉ちゃん。せっかく、のんびり遊んでもらおうと思ってるのに」

おさよが、化粧を終えて茶の間へ入ってきた。しなをつくって慶次郎にもたれかかったが、あっさりというおことの忠告を無視したようで、厚く塗った白粉が、先刻より大量に皺の中へ埋め込まれている。

「すぐに二階へ行きなさる？　お酒の支度もすぐにできるけど」

「いや」

慶次郎は、頭と手を一緒に振った。

「すまないが、帰らせてもらうよ」

「何だって」

「この暑さだ。浅草へ出かけてきただけで、俺はくたくただよ」

三人の女は、白く塗った顔を見合わせた。墨で描いているような眉を吊り上げて切口上になったのは、やはり年嵩のおことだった。

「ちょいと。酒も飲まずに帰ろうってのかえ」

「真っ昼間、赤い顔をして帰れもすめえ。麦茶を飲ませてもらえれば有難え」

腰を浮かせた慶次郎をかこむように、三人の女は膝をすすめた。

「のどがかわいていたので寄る気になったとは、ずいぶんなご挨拶じゃないか」

「むりやり引っ張ってこられたとは言わせないよ。情けないけど三十を過ぎているわたしにゃ、昔のような力はない」

「三十を過ぎている」という言葉が気にかかったが、五十過ぎも三十を過ぎていることに間違いはない。

「お武家様がわたしを突き飛ばして、逃げようとすれば逃げられたんだ」

「この炎天下を歩くのは大儀だから、ちょいと一休みしてゆこうと思ったんだろ。いいよ、おさよ姉ちゃんのような年増はいやというなら、妹のわたしが相手をしてやるよ」

「大年増がよけりゃ、わたしだが、いずれにしても麦茶めあてってのは勘弁ならないよ。どういう家か承知で上がってきて、麦茶をご馳走になって、はいごめんよってなあ聞いたことがない」

「待ってくんなよ」

慶次郎は、坐ったままあとじさりした。

「金は払うよ」

「何だって」

女達の形相が一変した。まだらに白くて皺だらけのおかめが、まだらに白くて皺だらけの般若になったのである。

「おなめでないよ」

正面の般若がわめいた。おことだった。

「姉妹三人、十四、五の時からずっとこの商売をやっているけど、一度だって客から金をむしり取ったこたあない。まして銭だけもらったなんてことはないんだよ。ちゃんとお相手をして、おきまりの代金だけを頂戴する、まっとうな商売をしているんだ」

「だから、商売をしたことにして」

「いやだ」

三人が口を揃えた。

「おこと姉ちゃんも、おさよ姉ちゃんも、それからわたしも、稼いだおあしを一つにして、その中から米を買って酒を買って、暑くなったり寒くなったりする前に古着屋へ飛び込むっていう、きちんとした暮らしをしているんだよ。他人様からのお恵みをうけたことなんざ一度もない」

慶次郎は口を閉じた。

「そんじょそこらの女達と一緒にしないでおくれ。わたし達はこれまで、どんなにいい鴨が舞い込んでも、お茶代だ鼻紙代だ蚊遣り代だなんて、よけいなおあしを取ったことはない。ずっと正直を通してきたんだ。なのに、近頃の客は、金さえ渡しゃいいと思ってやがる。まったくもう、ばかにしやがって」

すすり泣きが聞えた。化粧直しをしたばかりのおさよだった。長姉のおことは慶次郎を見据えているが、おきょうも、袖口で目頭を拭った。「金は払う」と言われたのが、よほど口惜しいようだった。

慶次郎の足は、ふたたび天王町へ向っている。おぶんが帰っていないようならば、畳町へ行くつもりだった。

今は、みごもったおぶんの俯きがちな姿が脳裡に浮かんでいるが、それを時折、というよりしばしば、白粉がまだらになった三姉妹が消してゆく。

自分は見かけより老齢であるという理由で姉妹の客となることを勘弁してもらい、羊羹を食べ麦茶を飲んで、二朱銀を二枚置いてきた。地獄と呼ばれる女が要求する代金は、縹緻に自信のある者が金一分、自信のない者が二朱で、おさよが「二朱銀を二枚」と言ったのは、そのうちの一枚が羊羹と茶代だったのかもしれなかった。

麦茶を飲みながら聞くともなしに聞いた話では、姉妹の母親も同じ商売をしていたという。「はじめっから、そうだったわけじゃないけどね」と、おことは苦笑いをして言った。

姉妹の母親はおらくという名で、魚屋の女房だった。小さいけれども店を持っていたのだそうだ。が、亭主は、一緒に暮らしていたおらくの妹に手を出した。それを知った時、おらくは気を失いかけたというが、当然だろう。怒ったおらくは娘達を連れて家を飛び出した。飛び出したが、手に職はない。世話をする人がいて、茶飯売りと一緒になったが、今度はその男が賭場に借金をつくって行方をくらました。茶飯売りとの間にも娘が一人生れていて、母娘五人、飢死をせぬために客をとったのだという。

おことも言っていたが、確かによくある話ではあった。近頃の書物にも、男が頼りなくなったと記されているが、頼りない男に腹を立てて女が畳を蹴って家を飛び出しても、実家に余裕がないかぎり、子供を養ってゆくのはむずかしい。おらくは、早くに両親を亡くしていた。

「ね？　おっ母さんがこの商売をはじめたのは、しょうがないと思うだろ？」

かぶりを振ることはできなかったが、うなずきもしなかった。怒り出すかと思ったが、姉妹は案外に穏やかな口調で身の上話をつづけた。

「ま、威張れた商売じゃないけどね。でもさ、おっ母さん一人に苦労させるのは、わるいじゃないか。それでわたしが十五の時から客をとるようになったのだけど、それじゃ姉ちゃんが可哀そうだって、おさよが仲間入りをして、おきょうまでが、一緒に苦労をしようと言い出してさ」

わたし達がいなけりゃ困る男が大勢いると言ったのは、おさよだったか、おきょうであったか。江戸は、いつでも男だらけだ。田畑を失った潰れ百姓や、親から田畑をゆずり受けることのできない次男や三男や四男達が、江戸をめざしてくるからである。女の数が少いために、彼等はなかなか所帯をもつことができない。おこと姉妹のような女達がいなければ、荷揚げや荷車の後押しなどで江戸の繁昌の底を支えている彼等が困ることは、まぎれもない事実なのだ。

「でも、おくみは、そう思えなかったんだね」

おくみというのが、茶飯売りとの間に生れた異父妹の名前だった。

「まともと言やあ、まともな子だったんだろうけど。父親に似て、縹緻もいい子でね」

おこともおさよも、おきょうまでが、あらそっておくみを連れて歩いたそうだ。この可愛い子が自分の妹なのだと、自慢したというのである。が、物心つくと、おくみは、母親や姉達から離れたがるようになった。母と姉達の商売が気に入らなかったのである。

「しょうがないんだよね」

と、姉妹は口をそろえて言った。

地獄という商売が情けないものであることは、子供の頃から知っていた。手跡指南所へ通っていた時は、子供達から『地獄の子』と嘲られたし、親達は、我が子とおこと姉妹を遊ばせようとしなかった。師匠ですら、姉妹をいじめる悪童をたしなめようとはしてくれなかった。

「情けないだろう？　そんな商売をさ、おっ母さん一人にさせておくわけにはゆかないじゃないか」

「でも、おくみは、『地獄の子』のほかに、『地獄の妹』ってえ悪口がふえちまうと思ったんだろうね」

「だから、お前もこの商売をはじめちまえって言ってやったんだけど。その方がいっそ気が楽だって」

「おっ母さんは、お父(とっ)つぁんと別れるよりほかはなかった。四人も娘がいて、娘にひもじい思いをさせず、読み書きを覚えさせるには、客をとるほかはなかった。どう考えても、しょうがないんだけどねえ」

姉妹は溜息(ためいき)をついた。

「よせと言うのにおくみは大工なんぞに惚(ほ)れてさ。さんざん貢(みつ)いだあげく、地獄と所帯がもてるかってえ一言で捨てられたんだ」

おくみは、男の家へ乗り込んで行った。誰が好きで地獄になるものかとわめき、男の目の前でのどを剃刀(かみそり)でかき切ったのだという。医者にはこばれたが、手遅れだった。

「ばかだよねえ、おくみも。あの子は、この商売をしているわたし達まで嫌って、いろんな内職をしながら一人で暮らしていたんだよ。なぜ、わたしゃ堅気(かたぎ)だ、地獄じゃないって、そう言わなかったんだろう」

「言ったところで、地獄の妹だと言い返されりゃお終いさ。それがわかっているから言わなかったんだろう」

ちがう、と慶次郎は思った。男の前で剃刀を我がのどへ当てた時におくみの胸に去来したのは、母一人に苦労はさせられないと、自分から泥水の中へ入って行った姉達の姿であったにちがいない。姉達は正しかった。正しかったが、おくみには、母も姉も死んでもらいたいと思うほどうとましい存在だっただろう。が、一方で彼女達はたいせつな母であり、姉であった。その混乱の中にある悲しさと口惜しさから、剃刀をのどに当てたのだ。

「おくみも可哀そうだけど、あの大工もいい迷惑だっただろうね」

「大工もわるいんだよ。おくみに惚れたのなら、姉が地獄だってしょうがないと思わなけりゃいけないのに、何のかのと言うからさ。だから、おくみに自害されてさ、大騒ぎになって、棟梁に嫌われちまうんだ」

姉妹は、慶次郎がそこにいることを忘れたように喋っていた。

慶次郎も、ふと昔を思い出した。三千代は鋏のにぎりにきれいな糸を巻いて、鈴をつけていた。あの時、慶次郎はその鋏で爪を切っていたのではなかったか。

三千代は蒼白な顔で帰ってきた。道を尋ねた男に空家へ連れ込まれ、乱暴されたのだった。晃之助との祝言をひかえていた三千代は、自分の迂闊さを恥じ、嘆いて命を絶った。

その男が、常蔵だった。当時、おとしという名の持主だったおぶんは、父親を嫌い、憎んでいながら、常蔵へ刀を振り上げた慶次郎の足にしがみついた。「お父つぁんなんか死んじまえ」と泣きわめきながら。

その後、おとしはおぶん、常蔵は喜平次と名を変えて江戸の片隅で暮らしていたが、知り合いの娘が喜平次に騙されて、また顔を合わせることになった。知り合いの娘も、喜平次が原因で命を失っている。おぶんは、そんな男の娘に生れたことを許していない。子供を生む気持になるわけがなかった。

「あら、旦那。まだ、いなすったのかえ」

死んだ妹のことを夢中で喋っていた姉妹が、我に返って言った。

「帰りなすってもいいよ。今日は、大目に見てあげる」

「有難えな」

「わたし達の話を聞いててわかっただろ。死んじゃいけない、生きるが勝ちだよ」

泣きじゃくりながら、それでも寝床へ入った三千代の姿が見えた。慶次郎が部屋を出たわずかな隙に三千代は命を絶ったが、もし三千代が生きていたとして、晃之助は、事件を「しょうがない」と思ってくれただろうか。晃之助が思ってくれたとしても、三千代自身が「しょうがない」と思えるようになっただろうか。

「また遊びにきておくんなさいな、憂さ晴らしにさ」

と三人の姉妹は言い、声を上げて笑った。笑い声は甲高く、若い女のようだったが、おことおさよも前歯が欠けていた。

「旦那にも、いやなことはおありだろ。当分の間、三人とも働いているからね。まっとうな代金だから、安心して遊べるよ」

「軀に気をつけろよ」

慶次郎は、自分の正体を明かし、女達に灸をすえてやるつもりだったのを忘れていた。女達は、欠けている前歯を隠そうともせずに、また笑った。

「そりゃ、わたし達の言うことさ。旦那こそ、今度はたっぷり遊べるように軀をきたえておいで」

「負けたよ」

障子と格子戸を開けてもらい、外へ出ると、すぐに格子戸が閉まった。年とった女三人の、はじけるような笑い声が聞えてきた。

しょうがないだろ、おっ母さんが地獄になっちまったんだもの。そうしなければ、めし粒一つ、食べられなかったんだもの。

慶次郎は、三人の姿を頭の中から追い出した。

しょうがないだろ、あんな男がおっ母さんにわたしを生ませちまったんだもの。

喜平次への憎しみが消えたわけではないが、おぶんにはそう言ってもらいたかった。


おぶんは戻っていなかったが、ちょうど辰吉が帰ってきたところだった。夕暮れの薄闇の中に慶次郎の姿を認めた辰吉は、二、三間先から走ってきて、それだけで額ににじんできた汗を拭いた。「日が暮れても暑い」とは、二人の口から同時に出た言葉だった。

「上がってつめたいものでもと言いたいところですが、今日はおぶんの奴がいねえんで」

「知ってるよ」

辰吉は、訝しそうな目で慶次郎を見た。

「昼間、おいでなすったんで？」

「そんなところだ」

辰吉は表口に慶次郎を待たせて、自分は裏口にまわった。裏口には錠がおりていなかったらしく、すぐに戸の開く音がして、いそいで明りをいれたらしい辰吉が、その行燈を持って三和土へ降りてきた。

「うちん中は暑いですよ。元鳥越の蕎麦屋で一杯というてもありやすが」

「蕎麦屋は休みだったよ」

辰吉が、ふたたび訝しげな目を慶次郎に向けた。

「お蔭で、面白い姉さん達に会えた」

「ま、上がっておくんなさいまし」

辰吉が言った通り、茶の間には昼間の熱気が残っていた。辰吉は裏口の戸も窓も開け放し、二階からも蚊遣りを持ってきた。暑いせいか蚊が多く、裏を流れる新堀川にもぼうふらが育っているような気がするという。

辰吉がそう言っている間にも、蚊の羽音が耳許にまつわりついた。茶の間の蚊遣りにはもう火がついているのだが、煙をものともせずに飛んできたらしい。

「こっちはけむいと思うんですが、蚊の方は慣れっこになっちまったようで」

慶次郎は、手拭いを振りまわして耳許の蚊を追い払った。

「今日出会った姉さん達も、ここの蚊に負けねえくらい、しぶとかったな」

「男を引っ張り込む姉さん達で？　このところ、まったく手入れがねえので、あっちこっちに、はびこっているとは聞いていやしたが」

「したたかなものさ」

「若い頃はあっしもお世話になったのに、手入れをしていいのだろうかと、いまだに思いやすよ」

十手持ち(じって も)が、もと定町廻り同心に遠慮のないことを言った。が、慶次郎も、このあたりの私娼を取り締まることになる前に、あの三人姉妹がそれまでにためた金で暮らしていることを願っている。

「なあ、辰つぁん」

辰吉は、二つの蚊遣りが白い煙をあげている向う側にいた。

「お前(めえ)の身内も、はびこらせてやらねえかえ」

「おぶんのことで?」

「知ってたのかえ」

「いえ、はっきりとわかっていたわけじゃねえんですが。今、旦那がそう言いなすったんで、ああ、やっぱりそうだったのかと」

「おぶんの行った先は、知っているのかえ」

「おそらく、畳町の惣菜屋でしょう」

日が暮れると風がおさまってしまい、うちわをせわしく動かすことになる。が、ようやく川を風が渡ってきたようだった。裏口から入ってきた風は障子を揺らし、行燈の火を揺らして、蚊遣りの煙を部屋中にひろげてくれた。

「よけいなお世話だが、せっかくの子を中条流なんぞでなくすこたあねえぜ」

辰吉は、しばらく間をおいてから口を開いた。

「そう言ってやっても、いいんですかえ」

「お互い、生みたい、生んでもらいたいと思っているんだろうが」

「でも」

「よけいなことは考えるな。お前とおぶんの子だ」

「有難うございやす」

辰吉は、煙の向う側で頭を下げた。慶次郎は、手拭いで首のあたりを払いながら立ち上がった。

「お帰りで？」

「当り前よ。こんなに蚊の多いうちとは思わなかったぜ。顔と衿首がぼこぼこにならねえうちに帰る」

「すみません」

辰吉は、肩をすぼめて頭を下げた。

ふと、あの時、常蔵を斬り捨てていたならばと慶次郎は思った。ことによると、おぶん——おとしは、常蔵の娘であることを忘れられたのではあるまいか。

三千代は病死と届け出た以上、刀を振りおろせば、慶次郎は意味もなく常蔵の命を奪ったことになる。おそらく死罪を言い渡された筈だ。

おとしは、父親の死を悲しんだだろう。が、おとしが辰吉と深い間柄となり、みごもったとしても、今のように悩みはすまい。常蔵の罪は、慶次郎に斬られたことで消えているからである。

「旦那」

と、見送りに出てきた辰吉が、慶次郎を呼びとめた。

「おぶんが帰ってきやした」

ふりかえると、ざるらしいものをかかえて歩いてくるおぶんの姿が見えた。おぶんも慶次郎に気づいたのだろう、立ちどまって頭を下げた。

その足許へ、ざるに入っていたものがこぼれた。薄闇に邪魔されてよく見えなかったが、辰吉の好物の茗荷だろう。おぶんは、大戸をおろした八百屋の裏口へまわり、わけてもらってきたにちがいなかった。

断崖絶壁(だんがいぜっぺき)

陽が沈むと吹いてくる風で、昼の熱気が抜ける。目抜き通りでは商家の庭木が、寺院の多いところでは境内の立木が、ほっとしたように揺れて、そのざわめきでなお涼しくなる。が、今日は、縄暖簾の掛行燈に火が入る頃になっても暑さがまとわりついてくる。新七は、暑さを払いのけるように手を振りまわしてから足をとめた。

懐の巾着を出す。かぞえなくても中にいくら入っているかわかっているのだが、念のために蹲り、手拭いを敷いて巾着を逆さまにしてみた。

やはり、四十一文しかない。巾着を振ってみても、下帯の間を探ってみても、一文の銭も出てこなかった。

目の前を、猪口になみなみとつがれた酒とつめたい水をはった小鉢の中の豆腐が横切って行った。暑気払いという言葉が、頭の中で渦を巻く。新七は今日、うだるような暑さの中を、七軒もの鰻屋をまわったのだった。

食べて歩いたのではない。雇ってくれぬかと頼んでまわったのである。断られるのは覚悟の上だった。つても紹介もなく、いきなり飛び込んで雇ってもらえるとは、新七も思っていない。その覚悟はできていたのだが、鰻屋の看板を見つけて店へ入って行く時の恥ずかしさ、情けなさは想像以上のものだった。

裏口から入ろうとすると、竹串を洗っている小僧に出会う。あやしむような目を向けるのへ、ていねいに挨拶をして、「旦那はいなさるかえ」と、引き返してしまいたくなるのをこらえて尋ねる。あやしみながらも、小僧は主人を呼んでくれる。呼んでくれるが、聞耳をたてている。小僧だけではない。串打ちや鰻を裂く職人が、さりげなく店を往き来して新七の話を聞いていることもある。そこで、これまでの出来事をあらいざらい話して、あげくのはてに断られるのである。当然だと言いたげに職人は薄笑いを浮かべているし、小僧はもっとはっきりと、軽蔑した目で見つめるのだ。

こんなことを、いつまでもやっていられるかってんだ。この年齢になって、一からはじめます、どんな辛抱もしますと言ったからって、誰が感心してくれるかってんだ。今になって一からはじめるのかと、腹ん中で笑われるだけじゃねえか。

それでも新七は七軒もの鰻屋をまわり、話したくない来し方を語った。予想通り、主人は苦笑いを浮かべ、鰻を裂いたり串を打ったりしはじめた職人達は黙りこくって、店の中は妙に静まりかえった。頭から冷気が降りそそぎ、足許は底冷えがして、暑い盛りだというのに、つめたさに目がくらむようだったが、それは新七だけのことだったらしい。新七が店から飛び出すと、とんだばかやろうがきたと皆で大笑いをして、店は静かでも、つめたくもなくなるのである。

くそ。雇って下さいと頭を下げてまわらなければ、とんだばかやろうにゃならなかったんだ。女房のおそのさえ、やいのやいのとうるさく言わなけりゃ——ってことは、俺をとんだばかやろうにしたのは、おそのじゃねえか。くそ、手前こそ大ばかやろうのこんこんちきだ。亭主不孝の、とんだ化けべそだよ。ああ、もういやだ。暑気払いだ、暑気払いだ。

新七は、目の前の縄暖簾に飛び込んだ。

腰を浮かせたところへ、定町廻り同心が入ってきた。男でさえ息をのむほどの美男で、だみ声で騒々しかった店の中が、一瞬、静かになってからざわめいた。

「森口の旦那が心配して下すって、様子をみにきておくんなすったんだ」

と、定町廻りのあとについてきた四十がらみの男が言った。岡っ引のようだった。

「無事のようだな」

定町廻りが言って、うちわを持ったまま調理場から出て来た縄暖簾の亭主が深々と頭を下げた。

空になったちろりを猪口の上でかたむけて、聞いてはいないような顔をして聞いていると、数日前に、客をよそおって入ってきた男が刃物を持って暴れるという事件があったらしい。知らせをうけて岡っ引が駆けつけたのは、男が逃げたあとだった。怪我人はいなかったが、小鉢や皿が大量にこわされた。定町廻りも岡っ引も、暑さでむしゃくしゃした男の憂さばらしではないかと判断したようだが、男は「これだけですむと思うなよ」と、捨ぜりふを吐いていった。恨みを晴らしにきたとも思えるが、亭主も居合わせた客も、見覚えのない男だったと言っている。

「どこでどんな恨みを買っているか、知れたものじゃねえからな」

と、岡っ引が言った。が、同心は首をかしげた。

「いや、びくついていることはないと思うぜ。誰も見たことがねえのだから、行きがけの駄賃で脅しをかけていったのかもしれねえ」

のんきなことをいう定町廻りだと、新七は思った。新七は二度、女房のおそのを殴りつけている。一度めは、器を洗う仕事でもよいからと、料理屋の裏口をくぐった日のことだった。「へっ、今頃――」と、そばにいた小僧が聞えよがしに呟いたのである。主人はさすがに小僧を見たが、苦笑を浮かべただけで咎めはしなかった。同感だったのだろう。情けなさに酒を飲んで帰った新七に、おそのは「いいご身分だねえ」と毒づいた。

いったい何をしに出て行ったんだよ。酒を飲みに行ったのかえ。女房に内職をさせて、手跡指南のお師匠さんへろくな挨拶もできず子供に肩身のせまい思いをさせてさ、お前さんだけ、縄暖簾の女にいい顔をしていたのかえ。

ばかやろう。

新七はおそのを殴り倒した。そのあとで、この年齢になって仕事を探すのがどれほどつらいことか、口がすっぱくなるほど繰返し話してもやった。が、おそのはわからなかった。わかろうともしてくれなかった。腫れ上がった頬に濡れ手拭いを当て、長屋の差配の家へ飛び込んで行ったのである。

そこで何を言ったのか、容易に想像はつく。おそのは、新七が仕事を探そうともせずに昼間から酒を飲んで歩き、意見をしようとしたおそのに乱暴をしたと言いつけたにちがいない。今年五十を越えたという差配は、耳まで月代のようになった頭をもともらしく振りながら新七の家へきた。新七は、それから一刻近くも差配の叱言を聞かされる破目となったのである。

しかも、おそのは、その間ずっと路地に立っていた。差配の執拗な叱言をとにかくやめさせたくて、ひたすら頭を下げた新七が、「すみません」と「ご迷惑をかけました」の二言を繰返しながら差配を送り出すと、勝ち誇ったような目を向けた。

冗談じゃねえや。確かに内職をしてもらっちゃいるが、お前が頭を下げてもらった仕事じゃねえだろうが。頭を下げてくれたのは、少々お前に気があるらしい差配の親爺で、お前は「まあ、ほんとうに有難うございます」と礼を言っただけじゃねえか。

「あ、お勘定ですかえ」

縄暖簾の女の声で我に返ると、新七は、懐に手を入れて立ち上がっていた。

「ええと、お酒が十六文、お豆腐とめざしで八文、しめて二十四文いただきます」

定町廻りと岡っ引は、「心配せずともいいよ。ちゃんと見張りをおいておくから」と言いながら、店のそとへ出て行くところだった。

やむをえず、新七は懐へ手を入れた。胸のうちでおそのに毒づきはじめた時から、勘定を払う気は失せていた。

食い逃げは、はじめてではない。差配はじめ、長屋中を味方につけたおそのに、喧嘩では勝てないとわかってから、新七は浅草や本所など、住まいから離れた場所にある縄暖簾で幾度か成功させていた。たてこんでいる店へ入り、ごく普通に飲み食いをして、さっと出てしまえば失敗することはない。その上、成功した時の心地よさはたとえようもなかった。必死で仕事を探している自分へつめたい目を向けた職人や小僧、三十を過ぎて仕事を探すつらさを毛筋ほどもわかってくれようとせぬ女房や差配や長屋の住人達に復讐をとげたような気がして、ざまあみろと天に向かって叫んだこともある。

しかも、本所の店の前を偶然通りかかった時、水をまいていた小女と真正面から顔を合わせてしまったが、小女は、新七を思い出せなかった。訝しげな表情を浮かべたものの、食い逃げの男であるという確信はもてなかったのだろう。これもまた、愉快だった。

が、今日はその快感をあじわえなかった。縄暖簾の掛行燈に、暑気払いの誘惑をふりきれなかった自分もわるいが、定町廻りが岡っ引を連れて見廻りにくるような縄暖簾など、江戸市中でも一軒だけだろう。その一軒に入ってしまうのだから、運もわるい。

みっともないと思ったが、四十一文しかない巾着から銭を出すのである。新七は、きっちりと二十四文を台の上に置いて店を出た。心附はないと素早く目で勘定をしたらしい小女の、「毎度有難うございます」という声が、気のせいか、投げやりだった。

冗談じゃねえや、まったく。

暗い道に唾を吐く。残りの銭で夜鷹蕎麦でも食べて、蕎麦売りの爺さんとくだらぬ話をしながら夜を明かそうかと思ったが、朝帰りの新七へ浴びせられるおそのの大声も、その声で飛び出してくるにちがいない差配の長たらしい叱言も、考えるだけで鬱陶しかった。おそのの罵詈雑言と、はてしなくつづく差配の意見を考えれば、今のうちに帰ってしまう方がよい筈だった。今、帰れば、伜の正太は眠っている。おそのは目尻を吊り上げるものの、大声を出すことができないのである。

手前のうちへ帰るのに、どうしてそこまで気を遣わなくっちゃならねえんだ。けっ、面白くもねえ。

小石を蹴ったが、それさえ長屋のある方向へ転がって行く。新七は、思いきり小石を蹴飛ばしながら歩いた。

長屋の木戸が見えてきた。戸がたてられていてもよい頃だったが、当番が、蚊に食われながらの縁台将棋にまだ夢中になっているのかもしれない。新七は、昼の陽射しに反りかえっているどぶ板が踏んでも鳴らぬよう、慎重な足どりで路地に入った。

一番手前の、腰高障子に七の字が書かれた家に入る。そのとたんに、部屋からおそのの声が飛んできた。

今頃まで何をしてたんだよ。仕事は見つかったのかえ、おや、酒くさいじゃないか、お酒にまわすおあしがあるんなら、わたしに返しておくれ。

低い声ではあったが、新七が口をはさむ余裕のない罵声だった。

「うるせえな」

押し殺した声で言ったつもりだったが、抑えきれなかった。自分でもそれとわかるほど上ずった大声になった。

縁台将棋の男達に、その声が聞えぬわけがない。立ち上がろうとして縁台の脚にぶつけたのか、「いてて」と言う声と、将棋の駒がかわききった路地へ落ちる音がして、何軒かの家の戸も開いた。暑くて眠れずにいた女達が、興味津々の胸のうちを、心配そうに寄せた眉間の皺で隠して路地へ出てきたのだった。

「ばかやろう。聞えるじゃねえか」

と言ったが、外へ聞えるような声を出したのは誰であるかわかっている。遠慮をしながら怒っているような口調になった。

「偉そうに」

と、おそのが笑った。

「お前さんは、すみませんとあやまっていりゃいいんだよ」

一所懸命に仕事を探しているのなら、見つからなくっても文句は言わない、仕事も探さずに酒ばかり飲んでいるから、うるさく言うんじゃないか。

おそのの口癖だった。新七が黙って俯くほかはない口癖でもあった。

二年前まで、新七は本八丁堀三丁目で鰻屋をいとなんでいた。十歳の時に父親の知り合いの店にあずけられ、竹串で突ついたり刺をさしたり、指を血だらけにしながら辛抱して、さらに蒲焼を焼く夏の火の熱さも我慢した。「まあ、いいだろう」と親方に言ってもらったのは十五年めのことで、その一年後に、新七は懸命にためていた金に、当時はまだ生きていた父親が出してくれた金を足して、田川という暖簾を出したのである。

親方の店の女中だったおそのとは、開店の準備をしている間に所帯を持った。親方の遠い親戚で、おそのの母親が親方を頼って相模から出てきたといい、一時は母親の方が女中として働いていたらしい。

二代つづけて鰻屋で働いていたのだ、鰻屋のことなら何でも知っているぜ。

と親方は言い、新七もその気になった。今もそうだが、おそのはくるくるとよく働く女だった。

一年めの田川は大繁昌だった。とにかく客にきてもらわねばと、値の割りには大ぶりの串を出していたし、おそのの客あしらいもうまかった。待ち時間が長くても、不平を言う客はいなかった。

客から多少の不満が出るようになったのは、二年めのことだった。いくら何でも待つ時間が長過ぎるというのである。

お前さんの手際がわるいからだと、おそのは言った。新七は新七で、間をもたせるのがお前の役目だろうと頬をふくらませ、店を閉めてからも、喧嘩をするようになった。

三年めから、目に見えて客が少くなった。新七は、忘れていた親方の言葉を思い出した。

こつさえ覚えりゃ、鰻なんざ誰にだって焼けると思うだろうがな。

と、職人達の誰に言いたかったのか、親方は煙管の先を見ている目を決して上げようとせずに言った。

何にでも、生れついての上手下手はあるんだよ。こればっかりは、どうしようもねえ。あいつがふっくらと鰻を焼き上げるからといって、手前も同じように焼くことができるとはかぎらねえんだ。

冗談じゃねえと、新七は思った。のらりくらりとしているくせに、鰻の身は意外にかたい。そのかたさに竹串の方が負けて割れてしまうこともあれば、割れた先で指と爪の間を刺してしまうこともある。泣きたくなるような痛さを我慢して串を打っても、新参のうちは、蒸した時に串から身が落ちてしまうのだ。何をやってやがる、このろまと、新七は主人や先輩達の職人の罵声を幾度浴びたことか。

辛抱に辛抱をかさねて鰻を裂くのをまかされるようになって、それから火の前に立てるのである。が、鰻を焼けるようになったからといって、楽はできない。待っているのは炎熱地獄である。鰻を焼く火は思いのほかに熱いのだ。そこまできて、「お前（めえ）に蒲焼はむりだ」と言われたのではたまったものではない。第一、親方は、何事も辛抱、我慢が大事と、職人の誰もに言っていたのだった。

今更、苦労してもむだだと言われてたまるかってんだ。俺あ、鰻を焼く。一所懸命になりゃ、どんなことでもできる。

親方の店にいる時は、そう思っていた。田川の店を出すときも、出してから一年めも二年めもそう思っていた。が、三年めになって、少し不安になった。何にでも向き不向きがあると、親方は自分に言いたかったのではないかと思うようになったのである。

新七が串を打った鰻は、蒸すと身がくずれて落ちたし、焼き加減についても親方から幾度も注意された。「まあ、いいだろう」と親方が独立を許してくれたのは、これ以上叱言を言っても焼き加減はうまくならないと、見切りをつけたからではなかったのか。

そんなことはないと思おうとした。見切りをつけた男に、遠縁の娘を嫁がせるわけがない。人形町で大評判の鰻屋をいとなんでいる男は、かつて同じ親方のもとで修業していたが、親方は、その男にも「まあ、いいだろう」と言って、店を持つことを許したという。

大丈夫だ、蒲焼を焼くのはむりだと言われたのは俺じゃないと自分に言い聞かせているうちに、客はさらに減った。「新七は鰻屋より料理屋の方がよかったんだ」と親方が言っていると風の便りに聞いたのは、その頃のことだった。田川の蒲焼はかたいという噂(うわさ)を耳にしたのも、同じ頃だった。

新七は、田川の暖簾にしがみつきたかった。が、おそのは、借金をせぬうちに暖簾をおろそうと言った。もう少し頑張ってみろと言ってくれるのではないかと思った親方も、おそのの意見に賛成した。

田川は、五年で暖簾をおろした。そのあとに入ったのも、鰻屋だった。加倉屋(かくらや)というそうで、開店当時から評判はわるくない。鰻屋のあとに鰻屋はどうかという心配をよそに、繁昌しているようだった。

「人のお店のことは、どうだっていいんですよ」

と、新七が加倉屋のようすを見に行ったと知って、おそのは言った。

「わたしと正太を飢えさせない算段をしておくんなさいな」

うなずいたが、どうしてよいのかわからなかった。「まったくもう」と舌打ちをしながら、おそのは、とりあえず借りていた仕舞屋（しもたや）から現在の長屋へ移り、袋貼（ふくろは）りやら風車（かざぐるま）づくりやら、さまざまな内職を差配を通じてもらってきた。今は、その手間賃で細々と暮らしている。

「さ、井戸の水でも浴びて、さっさと寝ておくんなさいよ」

新七は、鴨居（かもい）に打った釘（くぎ）から上がり口の柱へ渡してある紐（ひも）にかけられている手拭（てぬぐ）いを取った。おそのは新七に背を向けて、行燈（あんどん）を引き寄せた。

「まだ仕事かえ」

「当り前でしょう」

おそのは風車の千代紙を、差配からもらってきたらしい小机の上に置いた。

「働き口が見つかりもしないのに、一人前に飲んだり食ったりする人がいるんだもの」

新七は、黙って路地へ出た。定町廻り同心と岡っ引が縄暖簾（なわのれん）から出て行くのを待って、食い逃げをすればよかったと思った。巾着（きんちゃく）に入っている銭（ぜに）は、おそのが稼いだものだった。食い逃げをしていれば、昨日の残りと、今日、蕎麦代としてもらった三十二文を叩きつけてやることができたのだった。


仕事を探しに行くと言うと、おそのは二十文の銭を放り出すように渡してくれた。一昨日、手跡指南所で正太がいじめられ、泣いて帰ってくるなどの騒ぎがあり、思うように内職がはかどらなかったらしい。百文で米を買ってくると、夜なべ仕事にはどうしても必要な油を買うのが精いっぱいだったのだろう。

「いらねえ」

と言うと、おそのは驚いたような顔をして新七を見た。聞き違いだと思ったらしい。

「いらねえったら、いらねえんだよ」

「どうしてさ」

「手前が食うくらいは何とかする」

「どうやって？」

言えるわけがなかった。

「痩我慢はおよしよ。この暑さの中を、飲まず食わずで歩いていたら、目をまわしち

「まうよ」

　心配そうな顔を見て、やはり女房なのだと胸がふっと熱くなった。が、おそのは同じ表情のまま言った。

「わたしゃ、おあしがいるんですよ」

「だから、仕事を探しているんじゃねえか」

「お前さんをあてにしちゃいられないんだよ。差配さんからもらった正太の筆は、穂先が抜けちまうけど、だからといって、別のを下さいとは言えないじゃないか。買ってやるには、わたしが精出して働かなくっちゃならない。亭主が道端で倒れたとか何とか、よけいな用事をふやしてもらいたくないんだよ」

「わかったよ。俺が行き倒れにならなければいいんだろう、いや、行き倒れになっても、お前の亭主とわからなければいいんだろう」

自分がわるいのだとはわかっていた。田川の暖簾をおろすことになってしまったのも、仕事が見つからないのも、すべて新七のせいだった。おそのは頼りない新七にかわって、眠い目をこすりながら袋を貼り、風車をつくって、暮らしを支えているのである。いやみの一つも言いたくなるのは当り前だろう。おそのの言う通り、新七は、「すみません」と「申訳ない」を繰返していればよい存在なのかもしれなかった。

が、やはり、腹が立つのである。甲斐性のない亭主と見下しているのか、言葉遣いまで乱暴になったおそのと向かい合っていると、少しは俺の身になってくれと言いたくなるのである。新七は、おそのが放り出すように置いた銭を、きしゃごのようにはじき返した。

「何をするんだよ」

おそのが、甲高い声で叫んだ。

「もったいないことをするんじゃないよ。一文の銭も稼げないくせに」

「何だと」

稼げぬからこそ、生意気な顔で嘲笑う小僧にまで、ていねいに挨拶をしているのではないか。うちん中にこもって、紙と糊を相手にしていりゃいいのと、わけがちがうんだ。

悲鳴が聞えた。殴りつけたおそののものではなかった。

小さな手で突き飛ばされて、新七はふりかえった。六つにしては小柄な正太が、部屋へ駆け上がって行くところだった。

「大丈夫かえ、おっ母ちゃん」

「大丈夫だよ。それより、お前は何をしに帰ってきたのだえ。まさかまた、いじめられたのじゃないだろうね」

正太は、かぶりを振った。おそのは正太の腰に手をまわし、正太は母親の頰を撫でている。新七は、そっと背を向けて路地へ出た。銭を持って行けとは、おそのも正太も言わなかった。

てはじめに、筆屋へ入った。縹緻自慢らしい若い娘が店番をしていて、客は一人もいなかった。

何本もの筆を出してもらい、新七は、穂先を仔細に眺めるなどしながら機会を待った。愛想のよい娘は、しなをつくりながらそれぞれの筆の書きやすさを説明し、客の新七から離れようとしない。この店ではだめかもしれないと思った時に、その機会がきた。母親らしい女が店へ出てきたのである。

娘がうしろを向いた隙に一本の筆を懐へ入れるのは、考えていたよりも簡単だった。眺めていた筆をまとめて娘の方へ押しやりながら、新七は「またくる」と言った。「ちゃんが筆を買ってきてやったぞ」と正太にその筆を渡してやって、正太が喜んで新七へ飛びついてくる光景しか、頭には浮かばなかった。

気がつくと、調子のはずれた唄をうたっていた。新七は、鰻屋の看板が目につくと、むしろうきうきと裏口へまわり、田川という店をいとなんでいた者だが、使ってもらえぬだろうかと尋ねた。

やはり、よい返事はもらえなかった。昼を過ぎてまもない時で、二階にまだ客のいる店は、話の途中で帰ってくれと手を振った。竹串を洗っている小僧が聞耳をたてていて、断られた新七が邪魔をした詫びを言って帰って行くのを、笑いをこらえているような目で見ているのもいつもと変わりはなかったが、店の外へ出ると、やはり、調子はずれの唄が出た。

やがて、白くかわききった道へ落ちる家々の影が長くなった。横丁を曲がると、細長い自分の影が、両足にまとわりつくようについてきた。

「さあて、と」

足をとめて、あたりを見廻した。正太に筆を渡してやるところを想像するだけで、大分、気分はよくなった。が、今日は、働き口を見つけるために家を出てきたのではない。憂さ晴らしが目的だったのだ。筆屋を出てからいい加減に歩きまわったので、どこにいるのか正確にはわからないが、多分、元鳥越町にいる。家並の向うに見える樹木は、寿松院のものだろう。

そういえば先日、定町廻りと岡っ引が入ってきたのは、川一つ隔てた猿屋町の縄暖簾だった。定町廻りは、用心のために見張りをおいておくと言っていた。見張りの下っ引はまだ縄暖簾にはりついているかもしれないが、まさか川の向う側で、食い逃げをする男がいるとは思ってはいまい。

みんなの鼻をあかしてやる。定町廻りも、岡っ引も下っ引も、俺を雇わぬと言う江戸中の鰻屋の主人も職人も小僧も女中達も、長屋の差配も住人達も、おそのも。

向い側の町並も、元鳥越町の筈だった。新七は、横丁に入った。赤いたすきをかけた娘が掛行燈に火をいれていた。暖簾を出したばかりで空いているのではないかと思ったが、娘のあとを追うようにして中をのぞいてみると、仕事を終えた独り身らしい男達で、店はほぼいっぱいになっていた。

「いらっしゃいませ」

先刻の娘が声を張り上げる。新七は、出入口に近い空樽に腰をおろし、二合半の酒と豆腐を頼んだ。気のせいなのだろうが、向いの男と隣りにいる男が、不思議そうな顔をして新七を見たと思った。

向いの男は大工か建具職人か、娘があてで通っているらしく、隣りの男は、その隣りの男と連れ立ってきたらしい。紬の袷を買い叩かれたなどと話しているところをみると、隣りの男の商売は古着売りにちがいない。その隣りの男の商売はまだわからないが、いずれ朝早くから働きに出ている筈だ。日焼けした顔が、一日中、市中を歩きまわっているのだと教えてくれている。

娘が酒と豆腐をはこんできた。

仕事がないのに飲んでいるのは、俺一人かもしれねえ。

それゆえ、まわりにいる男達が不思議そうな顔をして新七を見たのだろうか。新七が店を潰した男であり、いまだに次の仕事が見つからない男であるとは誰も知らない筈だが、働いていないことは知れてしまったような気がした。

長居はできなかった。居心地もわるかった。新七は酒をのどへ流しこみ、豆腐を口の中へ放りこんだ。酒の味も、豆腐の味もわからなかった。

「ねえさん、もう一合」

また、男達の視線が新七に集まる。見ろよ、あいつ、女房に働かせて飲んでいるんだぜ。

いたたまれなかった。新七は、娘が酒をはこんでくる前に店を飛び出した。「あら、お勘定」と言う声が聞えたが、食い逃げが目的で入った店だった。

が、なぜ、この前のような爽快感がないのだろう。どうせ俺は店を潰した男、女房から小遣いをもらっている男、そんなどうしようもねえ男に食い逃げをされやがって、ざまあみろとはなぜ思えないのだろう。

「おい」

声をかけられて顔を上げた。先日の岡っ引が、腕を組んで立っていた。

「この先の横丁から、食い逃げだという声が聞えたぜ」

そらとぼけるなど、新七にできるわけがない。「あ、あっしではございません」と、かすれた声で言って踵を返そうとしたが、酔っていない筈の足がもつれた。

「しっかりしねえな」

両手をついて倒れた新七を、岡っ引が起こした。

「とにかく、店まで戻ってもらおうか」

「いえ、あっしは」

「戻らねえと食い逃げになるぜ」

「ちがいます、あっしは……」

「勘定を払うのを、ついうっかり忘れちまったてんだろう？　だから、あの店まで一緒に行ってやろうってんだ」

「いえ、逃げなくっては、食い逃げになっちまう」

何を言っているのか、自分でもわからなかった。ただ、おそのの出してくれた二十文を、妙な意地を張らずにもらってくれればよかったという後悔が、頭のうちを渦巻いていた。

岡っ引は、声を上げて笑った。「ま、この暑さじゃ、一文なしでも一杯飲みたくなるわな」と言う。新七の巾着の中には、わずかな銭しか入っていないと見抜いたようだった。

「どうする。必ず返しにくると約束するなら、俺が立て替えてやってもいいぜ」

仕事のない男が酒を飲んで、岡っ引に借金をする？　冗談じゃない。

「い、いえ、うちへ帰れば、縄暖簾に払うくらいの金はあります」

「それは重畳」

岡っ引は、新七の肩を叩いた。

「先に断っておくが、お前を信じねえってんじゃねえんだぜ。これも、野暮な御用のうちと思ってくんな。お前のうちまで一緒に行かせてもらうよ」

おそのも長屋の住人も、岡っ引を歓迎するとは思えない。岡っ引がついてくるような何をしたのかと、今よりもなお、つめたい目を向けられそうだった。が、食い逃げをした男として自身番屋へ突き出されるより、ましかもしれない。新七は、急に重くなった足をひきずって歩き出した。

大名屋敷の裏を通り、小役人の屋敷がならぶ一帯を、新七は、鈴ヶ森へ向かう罪人のような気持で歩いた。永遠に小役人の屋敷がつづいてくれればよいと思っているのに、下谷長者町（したやちょうじゃまち）の家並が見え、その向い側の屋根も見えてきた。神田松下町代地で、はずれの横丁に、おそのが内職をしている長屋がある。いつもより町屋までの距離が短いような気がした。

「ここかえ」

長屋の木戸の前で足をすくませている新七を見て、岡っ引が言った。新七は、ぎごちなくうなずいた。

路地では、縁台将棋がはじまったところだった。うちわで蚊を追い払いながら、「そこへ銀をはる手はねえわな」「いや、それで角が動けなくなる」などと、勝手なことを言っていた男達が、同時に口を閉じて新七を見た。天王橋（てんのうばし）の親分じゃねえかという声が聞えた。つい先日、浅草から引越してきた男の声だった。岡っ引は、「何でもねえんだよ、将棋をつづけな」と言いながら、新七の家をのぞき込んだ。表障子を開け放したままの家の中では、おそのが懸命に袋を貼（は）り、その横で、正太が穂先の抜ける筆で手習いをしている筈であった。

岡っ引が新七をふりかえった。入ってもよいかと尋ねている顔だった。いやでも、うなずくほかはない。

「ちょいと邪魔をするよ」

縁台将棋は中止となった。袖なしを羽織っているだけ、或いは、下帯一つだけで裸同然の男達は、誰からともなく縁台から立ち上がって、新七の家の軒下へきた。新七も、あわてて土間へ入って障子を閉めた。後手に閉めたのだが、好奇心をむきだしにした男達の顔が見えたような気がした。

風車を隅に押しつけて、おそのが上がり口まで膝をすすめてきた。手を墨で汚している正太は、おびえたような表情を浮かべ、おそののうしろに隠れた。

「たいしたことじゃねえのだが」

と、岡っ引は苦笑いをして言った。

「お前さんのご亭主が、巾着切りにやられてね」

「私にも、お奉行所からお呼び出しがあるのでございますか」

おそのの頭には、新七に内職の邪魔をされたくないという考えだけがあるのかもしれない。岡っ引はまた、苦い笑いを浮かべた。

「巾着切りにやられたのを知らずに酒を飲みに入って、三十文か四十文の銭が払えなくなっちまったんだよ」

おそのの目を避けていたのだが、おそのは執拗（しつよう）に新七の視線を待っていた。おそのは、新七が二十文の銭を置いていったことを知っている。食い逃げをしようとして岡っ引につかまって、土下座してあやまったのだろうと、その目は言っていた。

「それで、わざわざおいでいただいたのですか」

おそのの目がまた新七を見て、もういい加減にしておくれと言った。それでも、岡っ引の手前、銭を払ってくれる気になったのだろう。夜具の下から鬱金色（うこんいろ）の袋をひきずりだして、銭をかぞえはじめた。

「明日でもいいよ、おかみさん」

と、岡っ引が言った。思いのほかに大きな声だった。

「いくら飲み食いをしたのか、ご亭主が知っているだろう。その分だけ、持たせてやってくんな。それでねえと、ご亭主が食い逃げになっちまう」

路地を走って行く足音がした。「食い逃げだとさ」と言う声も聞えた。「ね、どうしたの」と尋ねているのは、正太と同い年（おないどし）の子供だろう。

ね、どうしたの。正ちゃんのお父（とう）っちゃんが何かしたの。

岡っ引も正太を見た。おそののうしろで、正太は震えてくる唇を噛（か）んで、懸命に涙をこらえていた。新七は、懐へ手を入れた。細くてかたいものが指に触れた。生れてはじめて万引をした筆だった。

「とんだ邪魔をしちまった」

と、岡っ引は言って、障子を開けた。

「もう一度言っておくが、俺がきたのは、お前のご亭主が巾着を掏られたからだ。ご亭主が、何もなかったことにしてもらいてえと言ったのと、縄暖簾の勘定のことでのこのこ出かけてきたが、それだけだ。つまらねえ噂なんざ流すんじゃねえぜ」

おそのより、路地にいる男達に言っているのだろう。岡っ引は、あらためておそのに挨拶をして、木戸を出て行った。おそのが、溜息をつきながら新七を見た。新七は、おそのの視線をはじき飛ばすつもりでまばたきをして、部屋へ上がろうとした。

「だめ」

幼い声が叫んだ。

「だめ。ちゃんなんか、帰ってこない方がいい」

草履を脱いでいた足が、凍りついたように動かなくなった。

「おっ母ちゃんだけの方がいい」

筆を買ってきたのだと言おうとしたが、声が出なかった。筆を見せてやろうとしたが、手が動かなかった。が、意に反してゆっくりと足が動いた。草履の鼻緒に指が入り、返したくないのに踵を返した。出て行きたくないのに軒下へ出て、路地を歩いて木戸の外へ出た。懐へ手を入れたままだった。爪で皮膚に血のにじむほど強く、筆を握りしめていたのだった。

正太は、所帯を持った翌年に生れた伜だった。もう一人子供が欲しいと思ったのは、一人息子では親を亡くしたあとの相談相手がなく、可哀そうだと思ったからだった。が、どうしても、二番めの子供はおそのの胎内にやどってくれなかった。

そのため、夫婦喧嘩の種は、いつも正太のことだった。正太がくしゃみをすれば「お前が気をつけねえでどうする」と新七がおそのを叱り、夜更かしの癖がついていた正太を新七が店を終えてから抱いて外へ出ると、「風邪をひかせたらどうするんですよ」と、おそのが金切り声を上げるのである。一歳か二歳の正太の寝顔を眺めながら、「いい職人になるよう俺が仕込んでやる」と新七が言えば、おそのが、腕のいい板前を雇えるような料理屋の主人になってもらいたいと真顔で反対したこともあった。

今になればばかばかしいような話だが、そんな喧嘩ができたのも、新七に田川という店があったからだ。田川の暖簾をおろしてからの新七は、おそのの亭主でもなく、正太の父親でもなく、おそのと正太のそばにいる男になってしまった。部屋の隅に押しつけてある、柳行李と同じ存在と言ってもいい。

てえことは、仕事がなければ、俺は亭主でも父親でもねえってことか。

冗談じゃねえ。

確かに新七は、田川を潰した。田川に客が入らなくなったのは、おそののせいでも、ましてや正太のせいでもない。近所に値段の安い鰻屋が開店したこともあるが、新七の焼く蒲焼がふっくらとやわらかく、たれの味も田川にかぎるという評判をとっていればよかったのである。他の店の値段の安さなど、気にすることもなかっただろう。田川閉店の責任は、すべて、新七の腕にある。それは、わかっている。わかっているが、男が店を潰してしまうと、どうして部屋の隅の行李にならなくてはいけないのだ。

新七は足をとめた。いつのまにか、「うなぎ」の看板がかかっている店の前に立っていた。

女中が加倉屋の暖簾を店の中へ入れているのは、長居の客がいなかったからだろう。本八丁堀三丁目で、町名の由来となったのにちがいない八丁堀は、一丁目から五丁目までをゆっくりと流れ、夜の闇を吸い込んで月の光を跳ね返している。

加倉屋の主人と顔を合わせたことがないではなかった。新七は、中ノ橋たもとの河岸地に蹲った。

店からは、男達の笑い声が聞えてくる。加倉屋の主人と、職人達のものだろう。加倉屋の主人も店を出す前に所帯を持って、一昨年、男の子が生れたそうだ。加倉屋の毎日は多分、腕前を盗みたい職人達が主人の気に入るようにつとめ、女房はこまめに亭主の世話を焼いて、いそがしく暮れた疲れをいやす主人の膝許へ、子供がおぼつかない足どりで歩いて行くのだろう。そこで「子供は早く寝かせろ」「むりですよ」などという、今思えば幸せな口喧嘩がはじまるのだ。

新七は立ち上がって、小石を八丁堀へ蹴込んだ。十歳くらいの子供に、鰻を焼く方がむいている好きで鰻屋になったわけではない。十歳くらいの子供に、鰻を焼く方がむいているのか、庖丁を握る方がむいているのか、わかるわけがないではないか。わかっていたのは、学問で身を立てるような人間ではなさそうだということだけで、鰻屋ならばよいかもしれないと、素直に親の言うことに従ったのだった。縄暖簾の亭主だったなら何とかなったかもしれないと自分でも思うが、この年齢になっての商売替えは、想像以上にむずかしいのである。

加倉屋の繁昌は、親が伜にぴったり合ったところへあずけたってえこと、それだけだ。が、三十を過ぎての隔たりは、八丁堀や隅田川の川幅どころではない。妬みはしないが、腹が立つ。向うが立派な鰻屋の主人で、なんで俺が部屋の隅の柳行李なんだ。

懐へ手を入れると、筆が指先に触れた。そのほかにもう一つ、やわらかい感触のものが手の甲に触れた。火打袋だった。食い逃げの味を覚えてから、暗がりへ逃げ込んだ時の用心のために持ち歩いているのだった。

新七は突き飛ばされたように河岸地を出て、加倉屋の軒下に立った。

懐から火打袋を出す。手が、火打石を持った。

が、新七はその手を不思議そうに眺めた。なぜ火打袋が足許にあって、手が火打石を持っているのかわからなかった。

まさか、俺は――。

そんなことを考えるわけがない。新七は鰻屋にあずけられて、鰻屋を開いた堅気の人間だ。鰻屋にあずけられている時も、店を出してからも、縁台での賭将棋にすら加わったことがなかった。ひたすら鰻を裂き、鰻を焼いていて、店のものを黙って持って帰った女中には、誰もいない時にそっと注意していたくらいなのだ。そんな新七が
そんなことを考えるわけがない。

が、自棄っぱちの食い逃げを楽しんでいたのも新七ではないか。

堀からの風が、大きな紙をはこんできた。誰かが落としたにちがいない役者絵だった。

新七は、かつては自分が借りていた二階建ての店を見上げた。店は、一度落ちてしまえば二度とのぼることのできない断崖絶壁（だんがいぜっぺき）のように見えた。

新七の手が、役者絵を拾ってねじった。風に飛ばされそうなのを草履の爪先（つまさき）で押え、火打石を持つ。

冗談じゃねえ。俺は一体何をしているんだ。

新七は、丸太か石っころかと言われたほど、真面目（まじめ）な男だった。食い逃げをし、筆を盗（と）って、悪事特有の頭の芯（しん）がしびれるような快感をあじわったこともあるが、ここまでなら、まだやりなおしがきく。火付けをしたならば、自分が極刑になるばかりではなく、おそのや正太の将来まで奪ってしまう。根は真面目な男のやることではない。

が、手は火打石を持った。

のぼることのできねえ断崖絶壁なんざ、なくなっちまった方がいい。

火打石の火がほくちにうつり、ほくちの火が役者絵にうつった。が、新七は、身震いをして叫んだ。

「冗談じゃねえ。俺あ、火付けをするような悪人じゃねえんだ。鰻は焼くが、江戸の町や人を焼けるわけがねえ」

新七は、煙をあげはじめた役者絵を夢中で踏みつけた。

よかった、――という声が聞えた。見られていたのかと思うと、身震いがとまらなくなった。こわばって、むりに曲げればきしんで鳴りそうな首を必死でうしろへ向けると、男が二人、暗い影になって立っていた。早足で近づいてきて、新七の手から火打石を取り上げたのは、元鳥越町で出会って新七の家まできた岡っ引で、あとからゆっくりと近づいてきたのは、縄暖簾の見廻りにきた美男の定町廻り同心だった。

「よかったよ。火のついた紙っきれを加倉屋へ投げつけるようだったら、俺達が消すつもりだったが、その前に当人が消してくれるのが何よりだ」

岡っ引は、火打袋も一緒に定町廻りへ手渡した。定町廻りは「しばらくあずかっておくぜ」と断って、袂(たもと)へ入れた。

「お前(めえ)、辰吉親分(たつきちおやぶん)の顔を覚えていなかったのかえ」

新七は、あらためて岡っ引の顔を見た。

「親分は、お前(めえ)んとこの蒲焼を幾度か食っているんだよ。元鳥越で出会った時、すぐに田川の亭主だとわかったそうだ」

元鳥越は、辰吉という岡っ引の縄張りであるという。田川の亭主が食い逃げをするようではと、辰吉は新七の暮らしぶりを見に行って、ついでに下っ引を見張りにつけておいた。その下っ引から新七が八丁堀へ向かったという知らせが入り、定町廻りと岡っ引は、加倉屋へ先まわりしていたらしい。

「ま、とにかく加倉屋が焼けねえでよかったよ。田川がなくなって、加倉屋が焼けちまうようなことになったら、奉行所からの帰りに辰吉親分の立ち寄るところがなくなっちまう」

「何を言いなさるかと思えば。七人前とか八人前とか、いつも誰かが二人前も三人前も食わなけりゃ勘定の合わねえ蒲焼をそう言いなさるのは、晃之助(こうのすけ)旦那じゃありやせんか」

定町廻りは、笑って首をすくめた。

「帰ろうか、田川のご亭主」

堀沿いの道は、とうに人通りが絶えている。

「みんな、一度はやり直しをしているんだよ。俺の養父(おやじ)だってそうだ」

晃之助旦那の声が静かな道に響いた。

隠れ家

吉次がその話を耳にしたのは、昨日のことだった。格別に用事はなかったのだが番屋に出向くと、当番の差配と書役が、つまらない噂と思えるようなことを話していたのである。

よほど話に夢中になっていたのだろう。いつもなら、差配も書役も吉次の顔を見たとたんに口をつぐんで、番屋の中に奇妙な静けさがひろがるのだが、昨日は喋り手の差配が出入口に背を向けていたこともあり、話がとぎれなかった。お蔭で、吉次に気づいた書役が目配せをするまでに、おおよそのことは聞くことができた。芝日影町の古着屋に巾着を忘れてきた魚売りが、翌日、忘れものを取りに行くと、巾着ではなく、中に入っていた銭とその巾着代を渡してくれたというのである。

「面白そうな話じゃねえか」

と、吉次は言った。

「俺にも、くわしく教えてくんなよ」

差配はあわててかぶりを振って、知っているのはそれだけだと言った。

吉次は、鋭い目を細くして差配を見た。差配は横を向いてしばらく黙っていたが、吉次の視線がいつまでもからみついていると知ると、魚売りと古着屋の名を教えてくれた。魚売りは茂兵衛、古着屋の屋号は太田屋だった。もう一度、細くした目で差配の爪先から頭のてっぺんまで眺めまわすと、差配は、茂兵衛が太田屋で子供の袷を買ったのは一昨昨日のことだと口の中で言った。茂兵衛は、西河岸町の自分の家に帰ってから巾着を忘れてきたことに気づいたが、仕入れの銭は腹掛けのどんぶりに入っていたし、太田屋とのつきあいも近頃はじまったわけではないので、翌る日、商売を終えたあとで太田屋へ寄ることにしたという。

「それで？」

三たび目を細くすると、差配は露骨にいやな顔をした。

「俺には話しちゃくれねえのかえ」

吉次に気づかれぬようにしたつもりなのだろうが、書役がしきりに目配せをしていた。黙っていろというのではなく、立ち聞きされたのが災難と思って早く話してしまえという意味の合図だったらしい。吉次が番屋にいるのが、よほど迷惑なのだろう。

差配はしぶしぶうなずいて、太田屋の主人は茂兵衛の顔を見るなり詫びたと言った。太田屋の主人は、大戸をおろす時に巾着に気づいたが、翌日、茂兵衛が商売の帰りに寄ってくれるだろうと、小僧に届けさせるのをやめてしまった。が、横着をした罰か、その巾着がなくなった。茂兵衛がきた時にすぐ渡せるよう、店の戸棚の中に入れたつもりなのだが、朝になって戸棚を開けると、その鬱金色の袋がない。番頭も小僧も、見た覚えがないと言っているので、ことによると自分がほかの場所へしまったのかもしれないが、どこを探しても見つからない。見つかり次第お返しするが、とりあえず、中に入っていた金額と巾着代の弁償で勘弁してくれと幾度も頭を下げた――のだそうだ。

その足で日影町へ行きたかったが、差配は、自分のお喋りで茂兵衛や太田屋に迷惑のかかるのが心配でならなかったのだろう。吉次と一緒に番屋の外へ出て、これからどこへ行くのだと執拗に尋ねた。どこへ行こうと俺の勝手だろうと突き放しはしたものの、不安そうに吉次を見送っている差配を見ると、日影町へ行けなくなった。見送られている時に日影町へ足を向けた方が面白いとは思ったのだが、足が大根河岸へ向かって歩き出してしまったのである。

今日は無論、日影町へ向かっている。なぜ差配に遠慮をしたのだろうと、昨夜は真っ直ぐにねぐらへ帰ってきた自分が不愉快でならなかった。が、そのかわり、寝床へ入ったとたん、頭の中の霧が晴れた。霧は、差配の話を立ち聞きした時から頭の中にひろがっていたのだが、それが隠していたものがわかったのだった。

もう十四、五年も昔のことになる。ごく短い間に、江戸市中を荒らしまわった五人組の押込強盗がいた。今は山口屋の寮番だなどと気取ったことをぬかして、のんきに暮らしている森口慶次郎も、彼等に手をやいていた一人だった。

吉次は、慶次郎はじめ町方をだしぬくつもりで、五人組に襲われた商家を調べてまわった。彼等の仕事は、実に手際がよかった。五人のうち二人が見張りに立ち、二人が金をかき集めて、残る一人が金を片端から五等分していったというのである。また、金を出せとすごんだりせず、ていねいな言葉で早く金を出してくれないかと頼むような口調で言い、逃げる時には障子を静かに閉めて行ったという。

愉快な探索だった。襲われた商家の話を聞いたあと、少しぐずぐずしていれば必ずなにがしかの金を包んでもらえたし、町方の鼻をあかしてやれるかもしれない楽しみもあった。五人組は、子供の頃はそれなりの暮らしをしていたにちがいなく、そんな男達に多少心当りもあった。それに言うまでもないことだが、彼等の正体をつきとめても、彼等の挨拶次第では、町方の探索に力を貸さないという選択もできるのだ。

が、楽しみは、襲われた商家からもらう金だけで終わった。吉次が目星をつけた男達は、まったくの見当はずれだった。五人組に町方がふりまわされたのは約半年の間、被害にあった金額は四百両あまりで、彼等はそれぞれざっと八十両を手にして、この国のどこかにもぐり込んでしまったのだった。

昔からある古着屋なので、つい見落としてしまったが、代替わりしたということもある。太田屋の看板をそのままにして、店を借りるのだ。八十両あれば、以前の主人も家主も納得させることができるだろう。できるだろうが、看板をかけかえぬのは何か理由があるからではないか。魚売りの巾着にしても、馴染みの客が忘れていったものを、商人がなくしてしまうわけはない。必ず何かある。

面白くなってきやがった。

吉次は快感に首をすくめ、足を早めた。

下っ引を使ったこともないではないが、彼等の働きに満足させられたことはない。彼等は、なぜそこで引き上げてくると言いたくなるところで戻ってきて、これが精いっぱいだと言う。これ以上しつこく尋ねたら嫌われると言うのである。

今の若い者は——というせりふを口にする柄ではないが、若い者は評判を気にしすぎる。森口慶次郎や島中賢吾などは例外で、町方、岡っ引は嫌われるものと相場がきまっているのだ。なかでも蝮と異名のある吉次の下っ引をひきうけておきながら、「嫌われるからいやだ」はないだろう。それゆえ、今度の仕事も下っ引にはまかせられない。太田屋がかつての押込強盗であった場合、中途半端な探索をされては、相手に用心されてしまうだけだ。押込強盗でなかったにせよ、太田屋は叩けば埃の出る軀の持主であると思うし、その時はその時で、「どうするえ」と彼の爪先から頭のてっぺんまで眺めまわし、あとは相談ということにしたいのである。

吉次は、十手を懐紙にはさんでふところへ入れ、尻端折りの裾をおろした。芝は、吉次の縄張りではない。だからといって十手を隠すこともあるまいと思ったが、天王橋の辰吉は、探索に行く時によくこんな恰好をする。

てはじめに日影町の煙草屋で安煙草を買い、「日照りつづきも、砂っ埃が上がってたまらねえね」と愛想よく言ってみた。目つきと愛想のよさが結びつかなかったのか、煙草屋の娘は、かえって用心深そうな顔になった。

「ところで、太田屋さんのご主人の名前は何てえんだっけ」

「存じません」

「舐めるなよ」

辰吉を真似てみようと思ったのが間違いだったのかもしれない。吉次は、目立たぬようにと懐紙の間にはさんだ十手をのぞかせた。用心深そうに吉次を見つめていた娘の顔が青くなった。

「知らねえってんなら、しょうがねえ。わかる奴を呼んできな」

上がり口に腰をおろしたが、娘は動かない。動けないのかもしれなかった。

「俺あ、お上の御用で太田屋の名を知りてえと言っているんだぜ。それを承知で、教えたくねえと言ってるんだろうな」

とんでもないと、娘のうしろにいた賃粉切りの職人が言った。主人を呼んだ方がよいと思ったのだろう、二十七、八と見える職人は、あわてて店の奥へ入って行った。あとは、吉次と娘の二人きりである。娘は吉次に見据えられる不気味さに耐えきれなくなったのか、這うようにして職人のあとを追って行った。

娘のものらしい泣声が聞えてきた。それを宥めているのか叱っているのか、押し殺した声も聞えてくる。吉次は、腰の煙草入れをとった。小走りに店へ出てきた四十がらみの男が、あわてて煙草盆を出す。すすめてくれた煙草も、吉次の煙草入れに入っているのとは格段のちがいがある極上品だった。

「太田屋の名前さえわかれば、娘さんでもよかったのだがね」

と、吉次は言った。

「ついでだから聞かせてもらう。ここ数日、太田屋に妙なことはなかったかえ」

「大根河岸の親分でいらっしゃいますかえ」

大きな声だった。

「そうだよ」

吉次は、わざと低い声で答えた。

賃粉切りの職人が、茶をいれてきた。女房と娘は、裏口から隣りの家にでも避難をしたのだろう。が、店にいるのが大根河岸の吉次とわかれば、煙草屋が太田屋と親しい間柄であったとしても、岡っ引が調べにきたと今は知らせに行きはすまい。

「太田屋さんのお名前は、確か、徳右衛門さんでございます。ここ二、三日、わたしの知るかぎりでは何事もなかったと存じますが」

「ふうん」

吉次は、煙草の煙を吹き上げた。煙は、きれいな紫色だった。

「徳右衛門といったっけか、その徳右衛門さんが、親戚のうちへ出かけて行ったとか、そういうことは？」

「さあ」

煙草屋の主人は首をかしげた。が、吉次から目をそらせている。知っていても、知らぬ存ぜぬで通すつもりらしい。吉次は、盆を持って奥へ行こうとした職人を呼びとめた。

「お前は、このうちに住んでいるのかえ」

「いえ、通わせてもらっております」

「どうだえ、朝早く出かけて行く徳右衛門の姿は見かけなかったかえ」

「はい」

「隠すとためにならねえぜ」

吉次は、煙草入れに入っていた煙草をみな、土間へこぼした。

「岡っ引一人のお調べだ、たいしたことはねえと思っているのかもしれねえが、わけもなしに人を調べやしねえ。ご主人にもお前にももう一度聞くが、徳右衛門があたふたと出かけて行くようなことはなかったのだな」

二人は曖昧にうなずいた。

「それが、お前達の答えだな？」

うなずき方は、なお曖昧になった。

「わかった」

吉次は、ゆっくりと立ち上がった。

「この近所の者にも同じことを尋ねるが、もし、徳右衛門におかしな振舞いがあったとわかったら、お前達が嘘をついたことになる。それでもいいんだな」

「あの」

職人がわずかに膝をすすませた。

「実は、一昨日、太田屋さんが朝早くお出かけになるのを見かけました。太田屋さんのお祖父さんに当るお人の命日だとか、お墓参りに行くと言ってなすったので申し上げなかったのですが」

「俺は、徳右衛門が出かけるところを見ていたら、教えてくれと言った筈だぜ。どれが入り用でどれが無用のことか、それはこっちで判断する」

申訳ありませんと職人は頭を下げたが、先刻から俯いている主人は、詫びようともしなければ顔を上げようともしなかった。蝮の吉次に多少の金を巻き上げられようと、近所の者が困るようなことは言うまいと覚悟をきめているのだろう。

こうなると、脅しはきかない。吉次は、主人がすすめてくれた煙草を、空にした煙草入れに詰めた。そろそろ懐紙にくるまれた金も差し出される筈であった。

「邪魔をしたな」

「いいえ、ご苦労様でございます」

主人の手が、吉次の膝許へのびた。いつ取り出したのか、金をくるんだ懐紙が、畳の上を滑ってきたように見えた。吉次も、金包をつかんだ手を素早く袖の中へ入れた。

「また、くる」

返事はない。が、吉次は、口許をゆるませて煙草屋を出た。太田屋の二軒先にある豆腐屋とか、その隣りに看板が見える同業の古着屋とか、もう一、二軒で十手をちらつかせ、調べてみるつもりだった。が、豆腐屋の前で気が変わった。自身番屋で、太田屋の菩提寺を尋ねてみようと思った。

断りなく嗅ぎまわるなと、この界隈を縄張りにしている岡っ引からいやみを言われるかもしれないが、そんなことには慣れている。いやみは我慢して聞いていればよく、我慢すれば、太田屋の菩提寺で徳右衛門の祖父の命日がいつであるか、確かめることができるのである。

菩提寺からは、一昨日ではないという答えが返ってくるにきまっている。魚売りに巾着を返すことができず、墓参りに行くと偽って朝から駆けまわらねばならぬことが、太田屋に起こったにちがいないのだ。

ざまあみろ、面白くなってきやがった。

気がつくと、嗄れた声の一本調子な唄が聞えていた。自分が鼻唄をうたっていたのだった。

長月九月は衣替えの季節である。朔日に袷に着替えて、九日には綿入れを着る。魚売りの茂兵衛も、子供に綿入れを買ってやったのかもしれなかった。

月日のたつのは早えな。

妹夫婦は、蕎麦屋をいとなんでいる。蕎麦をゆでる湯気が二階へのぼってきて暑苦しくてたまらないと、居候のくせに文句をつけていたのが昨日のことのように思えるが、もう綿入れを着る頃なのだ。五人組の一件にしても、つい二、三年前に起こったことのようだが、十数年がたっている。

みていやがれと、吉次は呟いた。

菩提寺の返事は、吉次が考えていた通りだった。徳右衛門の祖父の祥月命日は六月二十八日で、暑い盛りに女房と子供を連れて墓参りにきたという。もう大丈夫と安心していたのだろうが、やはり、綻びができた。天網恢々疎にして漏らさずとはよく言ったものだと思う。十数年たとうが、数十年たとうが、吉次に言わせれば、押込強盗の罪の消えるわけがない。そしてもう一つ吉次に言わせれば、吉次達お上の御用をつとめる者に煮え湯を飲ませた罪は、絶対に消えることがないのである。

どこかの誰かのように、うまくもぐりつづけたものだなどと、俺は妙なところで感心したりしない。俺は、太田屋とその一味を必ず捕らえてやる。十何年か前に、煮え湯を飲まされた恨みを晴らしてやる。

吉次は、西河岸町にある茂兵衛の家の前に立った。稲荷新道の角と言えば聞えはよいが、くぼんだ場所を見つけて建ててしまったような家だった。

案内を乞うと、女房らしい女が泣いている赤ん坊をあやしながら顔を出した。四歳くらいの男の子が、中に入っておいでと叱られても言うことをきかず、女の袖をつかんでついてくる。茂兵衛は、この子の綿入れを買ったのだろう。

「可愛いね」

と、吉次は世辞を言った。男の子は母親の背に隠れ、赤ん坊も母親の胸に顔をすりつけて泣いた。

「すまねえね。茂兵衛さんは、うちかえ」

うちにいるが、もう眠ってしまったという。魚売りの朝が早いのはわかっているが、まだ暮六つの鐘は鳴っていない。

「明りをつける前に寝てしまうんです」

と、女房は言った。

「油がもったいないですから。でも、今日はこの子の機嫌がわるくって」

「すまねえね」

吉次は、同じ言葉を繰返した。

「出直してくると言いてえが、ほんのちょっと聞きてえことがあるのさ。ほんとうにちょっとの間だから、茂兵衛さんを起こしてもれえねえかえ」

女房の肩越しに部屋をのぞいたが、寝床らしいものは見えない。番小屋くらいの小さな家と思ったのだが、案外に中はひろく、茶の間のほかにもう一部屋あるらしい。女房は、迷惑そうに奥の部屋をふりかえった。が、茂兵衛は、赤ん坊の泣く声で目を覚ましていたようだった。「起きてるよ」という声がして、三十二、三の男が、あわてて身につけたらしい袷の着物に帯をまきつけながらあらわれた。

「いいご身分だな」

言うつもりはなかったのだが、そんな言葉が口をついて出た。

「暮六つ前にお寝みとはね」

「女房は昼間、子供と一緒に眠れますが、あっしはそれができやせんのでね」

言い返せなかった。それに、茂兵衛がいつ寝床へ入ろうと、吉次にはかかわりのないことだった。

「お前、日影町の太田屋とは長えつきあいかえ」

「ええ、まあ、かれこれ十年になりやすが」

「てえことは、徳右衛門が日影町に店を出して十年になる？」

「いえ、あっしが芝界隈で振り売りができるようになって、かれこれ十年ってことで。今の太田屋さんが、あそこの主人になりなすったのも、そんなに古いことじゃねえとは思いやすが」

「ふうん」

　と、吉次は言った。鼻の穴がふくらんでいたかもしれなかった。押込強盗で稼いだ金を行李の底にでも押し込んで、二、三年の間息をひそめ、親戚の遺産でも転がり込んだような顔で日影町にあらわれる。どんどん辻褄が合ってくるじゃねえか。

「ところで、つい先日、お前は太田屋に巾着を忘れたそうだが」

　そのことですかと、茂兵衛は言った。

「だったら、お調べになることは何もありやせんよ。確かに、太田屋さんはあの巾着をなくしてしまいなすったが、あっしも捨てるつもりで持って行った小汚え巾着ですからね。おまけしてもらった分の銭をそこへ放り込んでいなけりゃ、取りに行かなくてもよかったんで」

「が、太田屋は、巾着に入っていた銭だけではなく、巾着代も返してくれたそうじゃねえか」

「ずいぶん遠慮したんですよ」

襤褸(ぼろ)布同然(きれどうぜん)の巾着の代金をもらったことに、因縁をつけられると思ったのかもしれない。茂兵衛は衿首(えりくび)を撫(な)で、袷の袖の中の腕をさすって腰を浮かせた。あまり怖がられても困るので、吉次は呟くように言った。

「くれるというものは、もらっておきゃいいわな」

が、茂兵衛の顔から不安の色は消えない。

「巾着代に一両もらおうと二両もらおうと、俺の知ったことじゃねえさ。でも、おかしいとは思わねえかえ」

「何が?」

「巾着は、徳右衛門が戸棚にしまったと言ったのだろう?」

「へえ」

「だったら、なぜなくなる」

茂兵衛は答えない。

「はっきり言わせてもらうよ。お前が捨てようと思ったほどの汚え巾着だぜ。小僧が戸棚を開けてみたって、悪気の起こりようがねえじゃねえか」

「当り前で。友松を疑っては、一所懸命に働いているあの子が可哀そうだ」

「が、巾着はなくなっている」

「だから、旦那がしまい忘れたと……」

「徳右衛門は、物忘れをする年齢かえ。客の忘れていったものをどこへしまったのか、どうしても思い出せねえほど物忘れがひどくなっているのかえ」

「いえ」

茂兵衛は、茶の間をふりかえった。茶の間では、茂兵衛といれかわりに引っ込んで行った女房が、時折思い出したように泣いている赤ん坊を抱いて寝かしつけている筈だった。茂兵衛にどんな合図を送ったのかわからないが、早く帰ってもらってくれと言ったにちがいないだろう。

「すまねえね」

　と、吉次は幾度めかの言葉を口にした。

「もう少しの間、つきあってくんな。正直者というお前の評判を信じて言っちまうが、俺あ今、太田屋徳右衛門をあやしいと睨んでいるのさ」

「そんな、まさか。いったい旦那が何をしなすったてんで」

「お奉行所の旦那も、まさかと笑ってなすったよ」

吉次は、手札を渡してくれた定町廻り同心に知らせてから探索をはじめたことなどない。同心が探索を命じたことでないかぎり、「よせ」と言われるのはわかっていたし、第一、いちいち同心に報告していたのでは、すべてを水に流してやって金をもらうことができなかった。太田屋の一件も、慶次郎にさえ教えてやろうとは思わない。

「そりゃあそうでさ」

と、茂兵衛が言った。定町廻り同心が「まさか」と笑うのは当り前だと言いたげな顔つきだった。

「が、俺も蝮の吉次だ」

吉次は茂兵衛を見た。一瞬ほっとしたらしい茂兵衛が、また不安そうに茶の間をふりかえった。

「お奉行所の旦那が、やめておけと言いなすっても、俺にゃ俺のやりかたがある」

横を向いた茂兵衛の溜息が聞えた。

「で、手を貸してもれえてえ」

「とんでもねえ。俺は、ただの魚売りでさ。親分のお役に、たてるわけがねえ」

「たてるんだよ」

　吉次は笑った。

「お奉行所の旦那の仕事なら一大事だが、たかが岡っ引の頼むことじゃねえか。明日、太田屋へ寄って、お前の巾着が出てきたかどうか、尋ねてくれるだけでいいんだよ。どうせ出てきやしめえから、そこでもう一押し、親の形見だとでも言って、何とか見つけてくれと徳右衛門に頭を下げてもれえてえだけだ」

「いやかえ」

　茂兵衛は黙っている。自分の膝のあたりへ目をやって、身じろぎもしなかった。

「あのね、親分」

　茂兵衛は、しばらくしてから顔を上げた。

「何だえ」

「親分は、太田屋の旦那にお会いなすったことはあるんですかえ」

「いや」

「だから、あやしいなんて言えるんでさ。十年もつきあっている俺に言わせりゃ、あやしいなんてとんでもねえ話だ。太田屋の小僧の友松はね、親分、捨て子ですよ、捨て子」

驚くような話ではなかった。不法な手段で金を集めたことのある人間が、罪滅ぼしのために善行を積むのはめずらしくない。

「身寄りのねえ爺さんの面倒をみていなすったこともある。それも、同じ源助町に住んでいたのじゃねえ、芝口で独り暮らしをしていた爺さんを、病気になっちまったのじゃどうすることもできねえだろうと心配して、ひきとりなすったんですよ」

だから、それがどうだというのだ。

「近所の人から聞いた話だが、その爺さんてのが一筋縄ではゆかねえ男でね。昔は金貸しだったというんですが、あんまり因業なので、女房は逃げ出すわ、二人いた子供は寄りつかなくなるわで、ま、自業自得と言やあそれまでさ。でも、それじゃ可哀そうだってんで、太田屋の旦那がのりだしなすったんで。神様――と手を合わせて爺さんは息をひきとったそうだが、あっしらから見ても、太田屋の旦那は神様でさ」

吉次は苦笑した。女房も逃げ出す因業な亭主など、どこにでもいる。茂兵衛の目の前にいる吉次もその一人だ。

「誰が親分にろくでもねえことを吹っ込んだか知らねえが、そいつは、太田屋の旦那を逆恨みしているんじゃありやせんかえ」

「そうかもしれねえ。が、吹っ込まれたからにゃ、放っておくわけにもゆかねえんだよ。だから、お奉行所からの頼みじゃねえ、蝮の吉次ってえつまらねえ岡っ引に頼まれたことだと、気楽にひきうけてくんなよ」

茂兵衛は、また茶の間をふりかえった。「わかりやした」と答えたのは、女房がうなずいてみせたからだろう。

「明日、太田屋さんへ寄ってみまさ。で、俺の巾着（きんちゃく）を見つけてくれと頼みゃいいんですね？」

「その通りだ」

とんだ邪魔をしたと、吉次は茶の間の方へ声をかけて家を出た。

暮六つの鐘が鳴りはじめていた。細工は流々（りゅうりゅう）と呟（つぶや）いて、吉次は手を懐（ふところ）へ入れた。綿入れを着る頃だと知らせるように、風がつめたくなっていた。

町方からの頼みではない、岡っ引の頼みだと、あれだけ念を押したのだ。それが吉次の狙（ねら）いだとはわからずに、今日、太田屋へ立ち寄る筈（はず）の茂兵衛は、巾着を見つけてくれとは蝮の吉次の言いつけだと話すだろう。茂兵衛だけではない。吉次が日影町界隈（かいわい）をうろつかなくなれば、煙草屋（たばこや）も「お気をつけなさいましよ」くらいのことは言いに行く筈であった。仮に徳右衛門が悪事に縁のない商人であったとしても、蝮の吉次の名は知っているにちがいない。五人組の一人であればなおさらだ。

その吉次が徳右衛門について調べていると、彼は茂兵衛と煙草屋から知らされる。臑に傷を持つ身であれば、じっとしてはいられまい。必ず動くと、吉次は思う。五人が仲間割れもせず、まったく消息を絶ってしまったのは、たとえば三年の間は奪った金に手をつけぬとか、人のいるところで酒を飲まぬとか、仲間どうしでつくった約束をかたく守っていたからだろう。押込強盗に使う言葉ではないが、彼等は律儀で、お互いを信用しているのだ。律儀な男の一人が、執拗なことで知られる岡っ引に目をつけられてしまったのである。商売をあとまわしにしても信頼している仲間に知らせ、詫びずにはいまい。

ひっくくってやる、五人とも。

吉次は身震いをした。大捕物の前の興奮が、もう襲ってきたようだった。盗賊は、太田茂兵衛が巾着を忘れてきた夜、おそらく、太田屋は盗賊に入られた。盗賊は、太田屋の銭箱と一緒に、茂兵衛の巾着も盗んで行った。汚いとはいえ、店の戸棚にしまってあった巾着である。わずかな銭しか入っていないとは、盗賊も思わなかったにちがいない。

銭箱を盗まれたと、徳右衛門は届け出ることができない。届け出れば、徳右衛門に恨みを抱いている者はいないかと、必ず吉次のような岡っ引が身辺をほじくり返す。どこの生れでどこまで順風満帆であったか、どういう人間とつきあってきたか、その中に盗賊を働くような者はいなかったかと、奉公人や近所の人達はおろか、時には生れ故郷の人達にまで尋ねに行く。隠していたことがすべて、表に出されると思った方がよい。事実、調べているうちに、襲われた方がわるい奴だったという例も少くないのである。それがいやさに、多少の金品を盗まれても、何もなかったことにしてしまう商人も多いのだ。

徳右衛門の場合、奉公人や近所の人達に尋ねてまわっても、吉次の望むような答えは返ってこないだろう。ことに、奉公人達の口はかたい筈だ。友松は捨て子だったというが、徳右衛門に拾われたのは友松一人ではないと、吉次は睨んでいる。盗賊の顔を見ていたとしても、恩人である徳右衛門が何事もなかったと言えば、彼等は何事もなかったと口を揃える。大番屋へ連れて行かれても、そう強情を張るにちがいない。

今、吉次が握っている手札は二枚ある。煙草屋の職人があわただしく出かけて行く徳右衛門に会ったことと、その時、徳右衛門が墓参りに行くと嘘をついたことだ。盗賊に入られたことを徳右衛門が隠していると考えれば、この二枚の手札は、きれいに嵌め込むことができるのである。銭箱を奪われた徳右衛門は、支払いにも仕入れの金にも困って、金策に駆けまわることになった。が、盗賊に金を盗まれたとは、口が裂けても言えない。煙草屋の職人にどこへ行くのかと尋ねられて、咄嗟に墓参りという嘘をついたのだ。

尻尾を出しゃがった、十何年も隠れていやがったのに。

そう思うと、また武者震いで軀が震える。太田屋徳右衛門一人を捕え、あとの四人を逃がしてしまうようなしくじりは、決して吉次はしない。吉次は、待つことを知っている。茂兵衛や煙草屋から、蝮の吉次に目をつけられたと知らされた徳右衛門が、どこの誰と誰に連絡をとるか、それを見定めてから奉行所へ知らせ、五人を一網打尽にする。商売のもとでだけを悪事で稼ぎ、あとは善人となって暮らそうとしても、そうは問屋がおろさぬのだ。

徳右衛門を見張らねばならなかった。姿を変えたことはあまりないが、茂兵衛や煙草屋の知らせがあれば、徳右衛門も用心する。迂闊に見張れば、豆腐を買いに出かけた太田屋の女中が豆腐屋にことづけを頼むなど、思いがけぬ手段で仲間に連絡をとろうとするにちがいない。

すりきれた袷に袖なし、空の籠に頰かむりという吉次に考えられる精いっぱいの変装をして、京橋を渡ったところで気がついた。

徳右衛門が、仮に伊左衛門という男の家へ行ったとする。事情を知った伊左衛門が呂之助へ、徳右衛門が波之吉へ知らせようとした場合、吉次一人では手が足りなくなる。徳右衛門が夜逃げのために家へ駆け戻り、伊左衛門から急報をうけた呂之助が、波之吉や仁兵衛へ知らせるかもしれず、五人のねぐらをすべて突きとめることができなくなるのである。

下っ引の手を借りなければならなかった。幸い、古着の行商をしている男がいた。しばらく会っていないが、吉次が頻繁に会っていた頃は、昼のうちは早く店を持ちたいと言い、夜になると、「どうせ俺はこのままで死ぬ」と言いながら酒を飲んでいた。そんな男なら、徳右衛門が押込強盗で得た金をもとでに店を持ったと言えば、とんでもねえ野郎だと、見張りに熱をいれてくれるにちがいなかった。吉次は、籠を背負った姿のまま、下っ引が住んでいる南八丁堀へ向かった。

下っ引は、ちょうど商売に出かけるところだった。すれちがっても吉次とわからなかったようで、知らぬ顔で歩いて行こうとするのを呼びとめると、あまり嬉しそうではない顔で引き返してきた。

「親分で？」

大きな声を出すなと、吉次は言った。岡っ引とわからぬ姿をしているので声をかけたが、いつもの姿なら、そっと物陰へ連れて行く。

「俺はもう、お役御免かと思ってやした」

と、下っ引は言った。指を折ってかぞえてみると、甚吉(じんきち)というこの下っ引に吉次が探索を言いつけたのは、一年以上も前になる。しかもそれ以来、小遣いを渡していない。吉次は、あわてて懐を探った。

「御用ですかえ」

「うむ」

一年分には足りないが、少し多めに小遣いを渡す。

「俺と一緒に、日影町の太田屋を見張ってもれえてえ」

「日影町の太田屋って、古着屋の太田屋さんですかえ」

「ほかに太田屋があるか」

「あれば、お役目をひきうけますけどね」

「何だと」

吉次は、生意気な口をきいた下っ引を見据えた。甚吉は、背負っている古着の籠を重そうに揺すり上げた。商売に行かせてくれと言っているように見えた。

「手前、お上の御用を選りごのみしようってのか」

「いえ、そういうわけじゃありませんが」

「嫌そうな顔をしているから、教えてやろう。徳右衛門は、押込強盗の一味だ。押込で稼いで、太田屋の看板を出したのだ」

「まさか」

甚吉は苦笑した。吉次が徳右衛門に、とんでもない濡衣を着せたと思ったようだった。

吉次は、甚吉を家の中へ押し戻した。甚吉を引っ張るようにして部屋へ上がり、推測が濡衣ではない理由を話してやった。話の筋は通っている。そこまで話してやれば甚吉も納得し、『善人の徳右衛門』を隠れ家にしていた押込強盗に腹を立て、古着の籠を蹴倒して叫ぶだろうと思った。

日影町へ行きましょう、親分。俺あ、楽をして店を出した奴も、悪党なのに善人面をしている奴も許せねえ。

が、甚吉は動かなかった。それどころか、口許に薄い笑いを浮かべて「親分の考え過ぎですよ」と言った。

「わるいことは言わない。おやめなさいまし。太田屋さんを探れば、そりゃ子供の頃に隣りの女の子のきしゃごを一つ盗んだとか、そんなことの一つや二つは出てくるかもしれません。が、それでお終(しま)いですよ」

「手前(てめえ)、俺に意見する気か」

「とんでもねえ。ただ、太田屋さんを見張るのも、とんでもねえ話だと思って」

「わかった。お前(めえ)にゃ、もう頼まねえ」

立ち上がろうとした吉次の前に、白い紙包が置かれた。先刻渡してやった小遣いだった。

「どういうつもりだ」

実は――と言いかけて、甚吉は言いよどんだ。

「実は、どうした。俺の下っ引なんざ、やってられねえというのか」

とんでもねえと、かぶりを振るだろうと思った。七年前、脅しやかっぱらいで暮していた甚吉を捕え、さんざん恩に着せはしたが、古着売りの仕事を見つけてやったのは吉次である。太田屋の友松が、子供心に拾われた恩を感じて太田屋に盗賊が入った一件を黙っているのなら、甚吉も、吉次がしばらく小遣いを渡さなかったことくらい、笑って水に流してくれてもよい筈であった。

甚吉は、しばらく黙っていた。しびれをきらした吉次がふたたび立ち上がろうとすると、「実は、言い交わした女がいるんで」と言った。

吉次は、細い目を見張った。甚吉が二十五歳くらいになったであろうことは知っていた。かなりの目利きとなったとか、唐桟の偽物をつかまされるようなこともなくなって、得意先もふえたという。が、甚吉の根っこは、自分と同じところにあると思っていた。下っ引というやな商売をひきうけたのは、自分のように岡っ引が性に合っているか、辰吉や太兵衛のように、ほかの商売ができないかのどちらかだ。かつては脅しとかっぱらいしか知らなかった甚吉も、吉次に言わせれば、心底からの古着売りになれるわけがないのである。

心底からの古着売りになれず、その上吉次が女房に逃げられたと知っていれば、所帯を持ちたいなどと言えるわけがない。わけがないのだが、甚吉は、「近いうちに一緒になろうと思っているんで」と真顔で言った。

「目をかけてくれなすった親分にゃほんとに言いにくいんだが、俺は、下っ引をやめてえんでさ」

「何だと」

「怒らないでおくんなさい。一年も前から、親分にそう言ってくれとおみよにせがまれていたんだが、どうにも言い出しにくくって。でも、もう少し待て、もう少し待てと言っているうちに、来年はおみよも二十（はたち）でさ。今がちょうどいい機（おり）だと思ったんで」

それに――と口の中で言って、甚吉は、度胸を据えたように吉次を見た。

「太田屋の旦那に、手頃な家を借りてもらったんで。ええ、少し早いがと笑いながらくれなすった祝儀（しゅうぎ）の金で、おみよが鍋釜（なべかま）をそろえています。太田屋さんを、俺が見張れるわけがないでしょうが」

勝手にしろ。

吉次は、自分が甚吉に渡し、今は膝許（ひざもと）に置かれた紙包をさらうように持って、家を飛び出した。


十手をあずかっているとはいうものの、岡っ引一人が太田屋へのりこんで、主人を捕えるなどできるわけがない。

吉次は、北町奉行所のある呉服橋門内へ向かって走った。月番は南町で、森口晃之助（もりぐちこうのすけ）や島中賢吾の顔が浮かんだが、二人に事情を話すわけにはゆかぬだろう。ここは、吉次に十手をあずけてくれた同心、秋山忠太郎（あきやまちゅうたろう）に知らせねばなるまい。

が、吉次は忠太郎が嫌いで、忠太郎は吉次が嫌いだった。どの岡っ引よりも熱心に探索をする吉次を手放したくないが、吉次に手柄をたてさせたくはない忠太郎は、徳右衛門を泳がせてかつての五人組を一網打尽にしようという吉次の考えに難癖をつけるにちがいなかった。

ま、いいや。

そう思った。まず徳右衛門を捕え、殴りつけてでも仲間の居所を白状させて、それから駆けつけてもいいのである。異変を察して残る四人がいち早く逃げてしまった時は、忠太郎の失態になる。

が、風が巻き上げた砂埃を浮き上がらせている陽を浴びながら、御用部屋から表門近くへ出てきた忠太郎は、「つまらねえことで呼び出すな」と言った。

「つまらねえことですって？　因業質屋へ押し込むらしいという知らせをもらっていながら南の方々が取り逃がしちまった、あの五人組の一人がわかったんですよ」

「奴等のことは覚えてるさ。あの時は、森口さんが妙な仏心を起こして、わざと逃がしてやったんじゃねえかと、ひそひそ話の噂になったものだ」

「ばかな」

「お前の太田屋の話も、その噂に劣らずばかばかしいよ」

「冗談じゃねえ。あっしの方は、何の調べもなしにお知らせには参りやせん」

「そう言われて、俺は幾度、嗤われたり恨まれたりしたことか。お前の調べってなあ、はじめっからあいつが下手人だときめてかかっている。どうせまた、太田屋が小遣いをくれなかったとか何とか、そんなことで番屋まで引っ張ってやろうと思ったんだろう。くだらねえことに、俺を巻き込まねえでくんな」

呼びとめる暇もなかった。忠太郎は吉次に背を向けて、足早に歩き出した。聞耳をたてていたらしい門番が、横を向いて笑っている。いい気味だと思っているのかもしれなかった。

くそ。今が善人なら、昔はどうだっていいってのか。冗談じゃねえや。だったら一人でやってやろうじゃねえか。

吉次は、背負っていた籠を門番に投げつけて走り出した。

ことによると、魚売りの茂兵衛は、蝮の吉次に睨まれては徳右衛門の一大事と、今朝、河岸へ行ったあとで太田屋をたずねているかもしれない。相手は蝮である。吉次が徳右衛門であれば、ぐずぐずしていては危険だと、とりあえず自分一人の身を隠すことを考える。残りの四人はその後に、上方の本家へ呼び戻されたの親が病気になったのと、それぞれに理由を考えて行方をくらませばよいのだ。

吉次の足は、なお早くなった。まさか真っ昼間から引越すことはないだろうが、番頭と小僧に店をまかせ、大師詣などの口実をつけ、女房と子供を連れて家を出てしまうことはある。

吉次は駆足になった。おれはわるい岡っ引かもしれねえが、あっちは正真正銘の悪党じゃねえかと思った。秋山忠太郎も甚吉も、茂兵衛も日影町の煙草屋も、なぜ、たちがわるいだけの俺に手を貸してくれない。

日影町は、芝口から宇田川町へかけての裏通りの俗称で、向かい側が武家地のせいか、荷車の通行が禁じられている。が、古着屋や草紙屋、小間物屋などの看板もあって、人通りの絶えることはない。芝口橋を渡って吉次が日影町へ駆け込んだ時、その人通りがよどんでいた。太田屋のある源助町で、立ちどまっている人が多かったのである。

いやな予感がした。吉次は、懐から十手を出した。秋の陽を浴びて、十手は一瞬、吉次でさえ驚いたほど光った。

やはり人垣は、太田屋の前にできていた。弓町の太兵衛が店の前に立っているところをみると、見廻り中の島中賢吾に太田屋の異変が知らされたらしい。茂兵衛は昨夜、眠い目をこすりながら徳右衛門をたずねてきて、徳右衛門は茂兵衛が帰るとすぐ、夜逃げの支度をはじめたにちがいなかった。開け放しの戸の間から見える店は、帳場格子も机も、帳簿までがそのままになっていて、人だけがいない。いつも今頃は店の前に水をまいている友松もいず、飯炊き(めした)の男も女中もいなくなっていた。奉公人達は皆、かつては悪党だった徳右衛門について行ったのである。

もう吉次の出番ではなかった。吉次は、陽をうけて光り過ぎる十手を懐に入れて踵(きびす)を返した。

悔い物語

下谷田圃の鷲大明神社は、俗に新とりと呼ばれている。葛西花又村の鷲大明神社が大とりと呼ばれているのに対してのものらしいが、大とりでは昔、酉の市に賭場が開かれたといい、それが禁じられてから、賑いは新とりに移ったという。

森口慶次郎も、つめたい風に首をすくめながら、人けのない根岸の道を下谷へむかって歩いていた。「この年齢になっちゃ欲も得もない、うちでごろごろしているのが一番だ」と言っていた佐七が、数日前、急に新とりへ行きたいと言い出した。慶次郎もそのつもりでいたのだが、一昨日、佐七は庭で洗濯物をとりこんでいる時に足首を捻じってしまったのである。

縁起かつぎは、佐七の性分と言ってもいい。行くときめてから足首を捻じったのが気にかかるようで、佐七は慶次郎に代参を頼んだ。境内であんまり高くない熊手を買って、観音様に『ついで詣り』ではないとお断りをしてから浅草寺にも詣で、次に両国で煎餅を買ってくるという条件つきだった。

「あいよ、わかったよ」

と、気楽にひきうけたのだが、今朝は六つの鐘が鳴る前に揺り起こされた。早く行かぬと混雑するというのである。

混雑しようがしまいが必ず熊手は買う、鐘が鳴るまで起きるものかと強情を張ったものの、いったん覚めてしまった目は瞼が重くならないし、眠っていれば行かずにいただろう厠へも行きたくなった。やむをえず起きて綿入れを羽織り、部屋へ戻ると、佐七が足をひきずりながら床を上げようとしていた。

「よしねえ。痛めた足を、また痛めちまう」

「だって、旦那がなかなかお詣りに行ってくれそうにないからさ。めしは、半刻も前に炊けているのに」

追い出されるように鷲大明神社へ向かったのだが、下谷田圃の狭い道に入って、佐七がせかせた理由がわかったような気がした。すでに善男善女が参道となった畦道にあふれている上、唐の芋や柚、熊手などの縁起物や小間物や飴、おこしなどを売る屋台店が狭い道の両側にならび、参詣の人達より一足早くご利益を得ようと、声をからして「いかが、いかが」と叫んでいたのである。ご利益は早く参詣にきた人達に持って行かれる、遅くなればなるほど福は薄くなると、佐七が言うのもむりはなかった。

頼まれた通りに熊手を買い、観音様にも佐七の幸運を願ってやって、慶次郎は両国へ向かった。雷門から浅草御門へ向かう道も混んでいて、思うように歩けない。人混みののろい歩みに合わせるのは、かえって疲れるものだった。その上、寝起きの朝飯がのどを通らず、梅干で茶を飲んだだけで家を飛び出してきたので、腹も空いてきた。蔵前にさしかかったところだった。近くに辰吉の家があるが、突然訪れて、あわてさせるのも気の毒である。慶次郎は蕎麦屋へ、それも元鳥越町にある馴染みの店ではなく、両国に近い平右衛門町の店へ行こうと思った。

もう少しの辛抱だと腹の虫に言い聞かせて、第六天神宮のある角を曲がった時だった。男の大声が聞えて、熊手を持った女が柳橋の方から走ってきた。追われているように見えた。

男の姿も見えた。男は、「その女をつかまえてくれ」と叫んでいた。咄嗟に慶次郎は、女の前へ足を出した。女が男の熊手を奪って逃げたのではないかと思ったのだった。女は慶次郎の足につまずいて、熊手を放り出して倒れた。

「ほらよ」

熊手を渡してやろうとして、慶次郎は言葉を失った。息をきらして女を追ってきた男は垢と泥にまみれ、捨ててあったような綿入れをまとって、軀から異臭を放っていたのである。身なりから人を判断したことはないが、今の場合は、どう見ても男が女の持ち物を奪って逃げそうだった。

「お恥ずかしゅうございます」

と、慶次郎の着物に着替えた男が言った。慶次郎の住まい、根岸の山口屋寮で、慶次郎のうしろには、熊手を神棚に飾ってきた佐七もいる。

女の名は、そよといった。とりあえず平右衛門町の番屋へあずけ、辰吉に事情を話してきた。辰吉の家にはやはりおぶんがいて、慶次郎を見ると、ていねいに挨拶をしたものの、隠れるように台所へ出て行った。八百屋の女房の話では、あまり軀の具合がよくないのだという。「ただのつわりならいいんですけどね」と、女房は心配そうだった。辰吉も気になるのか、台所へ隠れたおぶんを目で追っていたが、すぐに番屋へ行き、女からくわしい話を聞いておくと言った。大番屋へ送るかどうかは、晃之助が判断するだろう。

男は、倉地屋直右衛門となのった。倉地屋という屋号に、かすかな記憶があった。同じ屋号の店がほかにあるかもしれないが、慶次郎が覚えているのは、十年ほど昔、日本橋小網町にあった干鰯問屋だった。

「お恥ずかしゅうございます。その倉地屋でございます」

男、直右衛門は、そう言って頭を下げた。

「四代つづいた店を、私が潰してしまいました」

「あの女の胸ぐらをつかんで、もとの店にして返せとわめいていたようだが」

「お恥ずかしゅうございます」

同じ言葉を呟くように言って、直右衛門は、額が畳についてしまうほど深く頭を下げた。

「おそよの胸ぐらをつかむまで、何もかもあの女のせいだと思っておりました。が、旦那が騙されたのかとお尋ねになった時、その通りですとお答えするのがいやになりました。騙された自分も、おそよに騙されたと思いつづけていた自分も、急に情けなくなったのでございます」

直右衛門は、おそよが尾張にいるらしいと聞けば尾張へ行き、大坂にいるのを見たと聞けば、夜を日についで大坂まで行った。無一文となり、物乞い同然となっても、おそよを追うことをやめなかった。商人の恨みというものを、思い知らせてやりたい一心だった。

「が、熊手を放り出して倒れたおそよを見たとたん、私は、こんな女を恨んでいたのかと思いました。ええ、多分おそよが、ふくらはぎまで見せたぶざまな姿で倒れていたせいでございましょう。こんな女と刺しちがえてもいいとさえ思っていた自分は、よくよくばかな男にできていると嘲笑(わら)いたくなりました。こんなことは、おそよに騙されたと知った時に、わからなければいけなかったことなのでございますが」

そうだねと、佐七が呟くように言った。ふりかえったが、佐七は、自分が呟いたのではないような顔をして、直右衛門にうなずいてみせている。その先も話してしまえと言っているようだった。

直右衛門が、湯呑(ゆの)みを持った。数年ぶりだという湯に入って、手は肌本来の色に戻っている。顔を汚していた垢もきれいに洗い落とされて、顔立ちがはっきりとした。日に焼けて、深い皺(しわ)が刻まれているが、かつては界隈(かいわい)の娘達に溜息(ためいき)をつかせたこともあるにちがいない。長身の慶次郎にひけをとらぬほど、背丈もある。

「先程も申し上げましたが、私は、四代目の倉地屋直右衛門でございます。干鰯問屋の隣りにありました鰹節問屋(かつおぶしどんや)の倉地屋も、私の店でございます。父が手をひろげましたのですが――。出来損ないの一人息子でございます」

佐七に促されたわけではないだろうが、直右衛門は、低い声で話しはじめた。

遊ぶなとは言わぬ、が、ほどというものがあると、亀之助は幾度、父親の三代目直右衛門から言われたことだろう。

神妙に頭を垂れてはいるものの、亀之助は、いつも聞き流していた。確かに父の三代目直右衛門は身持ちのかたい男だったが、祖父の二代目直右衛門は、彼に身請けをしてもらいたい一心の花魁が、季節がかわるごとに単衣やら袷やら綿入れやらを送ってきて、それで一年が過ごせたという。それほど遊び好きで、女にも好かれた男だったのである。

祖父と競うつもりはないが、血筋だとは思う。祖母に聞いた話では、曽祖父が父親と同じように『木石』と言われた男だったそうだ。だからこそ、一代で干物の行商から干鰯問屋にまで這い上がれたのだろう。その倅が放蕩息子で、放蕩息子の倅が木石のような男、倉地屋四代目となるその倅、亀之助が女にうつつをぬかすのは、亀之助に言わせれば順当と言ってよいくらいであった。

女房のおなみは、吉原の遊女だった。それも大籬の、花魁道中をすることができる昼三という最高位の花魁だった。花魁道中とは、禿や身のまわりの世話をしてくれる遊女達をひきつれて、見世から茶屋までのわずかな距離を歩いて行くことだが、たそがれの廓の中を美々しく着飾った花魁が独特の歩みをすすめて行くのは格別の趣がある。十六ではじめて大門をくぐった亀之助も、口を開けて眺めていた一人だった。

この花魁が、おなみの緑山だった。馴染み客がくるのを待つために茶屋まで出かけてきたところだったが、亀之助は、緑山が店先に腰をおろしている茶屋へ上がり、彼女と遊ばせてくれと頼んだ。

承知してもらえるわけがなかった。はじめて上がった客の相手、遊女を選ぶのは茶屋の仕事であったし、緑山は、くるという知らせのあった客を迎えに道中をしてきたのである。「むりですよ」とあっさり断られたが、亀之助は頼みつづけた。頼みつづけて、とうとう「明日、おいでなさいまし」という茶屋の女将の返事を引き出した。女将が根負けをしたのかもしれないし、亀之助の差し出した金がものを言ったのかもしれない。が、一番の理由は、亀之助の声を耳にした緑山が、茶屋のすだれの内を見て口許をほころばせたことだろう。緑山は浪人の娘で、権高なところのある遊女として評判だった。あまり笑ったことがないので、「褒姒」という綽名もあったらしい。

吉原へはじめて足を踏み入れた男を見て微笑するなど、なかったにちがいない。

しばらくの間、亀之助はいい気分だった。翌日、遊び仲間と吉原へ行くと、茶屋の女将が約束通り、緑山を呼んでくれた。初会こそ吉原の規則に従って、緑山はろくに口もきかず、食べものも口にしなかったが、亀之助は、その時に馴染み金を出した。これからこの遊女の客になるという印の金である。茶屋の女将は、緑山が嬉しそうな顔をしたので驚いたと言った。亀之助の友人達も、「信じられない」と目を丸くした。かつての吉原では、初会で帯をとく遊女はいなかったという。今はそんな見識のある遊女はごく稀になっているのだが、緑山は、その稀な一人であった。初会の客とは茶屋で顔を合わせただけで帰ってしまうのである。それがかえって人気を呼び、緑山に気に入られたい客が、緑山の機嫌をそこねぬように通ってくるという。廓の外から見れば異様な話だが、遊女を舞い降りた天女のようにもてはやしていた頃である。遊女の我儘はその遊女の魅力を増すだけで、笑わぬ緑山の嬉しそうな顔は、茶屋の女将や、多少は廓の遊びを知っている亀之助の友人達にすれば奇蹟というほかはないのだろう。

亀之助の一目惚れからはじまった吉原通いだったが、すぐに緑山が亀之助に夢中となった。馴染み客が前後して登楼した時は、客どうしで話し合う。これがすべて、亀之助にゆずられるのである。緑山が遣手や若い衆などに充分過ぎるほどの心附を渡していて、彼等がたくみに口をはさみ、亀之助に緑山をゆずらなければ野暮といった雰囲気にしてしまうのだ。

いい気分のまま年が明け、いつのまにかその年も暮れて新しい年となり、亀之助は十八になった。三つ年上の緑山は二十一、少しずつ人気にかげりが見えはじめていた。緑山には亀之助という若い男がいるという噂も、その原因となっていただろう。自分こそ緑山の思い者と自惚れていた男達の足が、遠のいてしまったのである。

緑山は、さりげなく身請けの話を持ち出すようになった。身売りをしたのは六つの時、原因は父親の長患いだったが、よい医者に診てもらえたお蔭で命はとりとめた。客が身請けをするならば、大籬の花魁である自分の場合、途方もない金を要求されるだろうが、親元身請けは安くすむので、父親が懸命に金をためているなどと寝物語に言うのである。

亀之助も、身請けを考えぬではなかった。許嫁は彼女が十一の時に他界していたし、亀之助に思いを寄せているという畳表問屋の娘は、亀之助が好きになれなかった。が、緑山に言われずとも、大籬の花魁には千両を越す金が必要であることはわかっていた。出してくれと、親に頼める額ではなかった。

しかも、父親の三代目直右衛門が鰹節問屋の株を買ったのは、その頃だった。酒を飲まず、芝居も嫌いで、二代目が吉原へ遊びに行かせても、その日のうちに帰ってきたという。三代目直右衛門の楽しみは、商売の手をひろげることだけだったのかもしれない。

身請けの話をきりだす機会がなくなった。干鰯の商売が順調であっても、鰹節問屋を奉公人ごと買い取るのは容易でない。買い取ったあとの直右衛門の口癖は、「倹約せよ」になった。しかも、直右衛門は、吉原とはよけいな金を遣わせるところと思っている。事実その通りで、亀之助はよけいな金をいくら遣ったかわからない。身請け、千両、祝言とつづく話を、きりだせるわけがなかった。

さらに、亀之助にはつらい出来事が起こった。あまり人間が堅過ぎるのもと、亀之助の吉原通いを大目に見ていた母が、小遣いをくれなくなったのである。倹約に力を入れはじめた直右衛門が、亀之助の小遣いにもうるさいことを言い出したのだった。

会いたいという緑山からの手紙が、毎日のように届いた。終いには、もし親御様にうるさいことを言われているのなら、申訳ないが口実をもうけて出かけてくれ、きてくれさえすれば、そのあとの迷惑はかけないと書いてくるようになった。達引く――吉原での代金は緑山が支払うというのである。一度くらいならと思って出かけたのが、いったい幾度になっただろう。

それでも、緑山は嬉しいと言ってくれた。が、吉原で最も高額な代金を支払うのである。たちまち手許不如意となり、親の具合がわるい、よい医者に診せてやりたいと、空涙をこぼして客に無心をするようになったというのである。女房のおなみとなった緑山が、苦笑いをしながら打明けたことで、緑山も苦労していたにちがいない。

客が届けてくれた金で、緑山は亀之助を見世に上げた。が、それは、客が騙されてくれる間だけのことだった。十両、二十両という大金を用立ててくれた客が見世へきてみれば、その遊女が、自分で自分を買い切る身揚りをしているのである。面白くないのは当り前だった。たださえかげりの出てきた人気がなおなくなって、楼主に叱られ、遣手にいやみを言われて、緑山はかなりつらい思いをしたという。終いには、例の茶屋の女将のはからいで、道中をしてきた緑山がそっと茶屋に上がり、帳場にひそんでいた亀之助と会ったりもした。

亀之助は親の目を盗んで会いに行く。緑山は、簪や人形、鏡台などの持物を朋輩の遊女に売り、遣手や若い衆にまで金を借りて逢引くことを考える。江戸中で最もつらく、悲しい恋をしているような気分になって、親の叱言も、楼主の罵声も、耳に入るものではなかった。あんまりみっともない話だと、乾物問屋の入婿となった叔父が父に意見をしてくれなかったならば、駆落か心中にまで発展していたかもしれない。

父は、その叔父から金を借りて、緑山の父親へ会いに行った。親元で身請けをしてくれるよう、頼みに行ったのである。緑山が生れる直前に扶持を離れたという父親は、娘を売ったことを恥じ、後悔していて、やっと安心してあの世へ行けると堅苦しい口調で言い、目をうるませたそうだ。直右衛門が緑山との祝言にそれほど反対をしなかったのは、多分、ものがたい父親とうまが合ったからだろう。

緑山は浪人の娘の奈見（なみ）に戻り、倉地屋の内儀（ないぎ）のおなみとなった。それから半年ほどの間は、夢見心地で過ごした。直右衛門が亀之助を見て、たいそうな女房をもったお蔭でよく働くようになったと苦笑いをしたのは、この頃のことだった。吉原へ足が向かなくなったし、内儀と恋慕（れんぼ）れつの間柄と知れ渡り、あちこちから天地紅（てんちべに）の手紙が届かなくなって、出合茶屋へ行かなくなった。ただ、一日中帳場格子（ちょうばごうし）の中で算盤（そろばん）をはじいていた覚えはない。しばしば店からおなみのいる居間へ戻っていたのである。

が、それも、半年の間だった。倉地屋の内儀となってからのおなみは、眉（まゆ）を落とし、鉄漿（かね）をつけ、地味な着物を着ていたが、そこへふっと、部屋着をずるずるとひきずっていた姿が重なるようになった。

かつては天女と思えた姿だった。床に入って朝寝をしたくなった姿であったが、それは、蒔絵（まきえ）の箪笥（たんす）やら五枚重ねの夜具やらにかこまれていてのものだったのかもしれない。白木の箪笥が置かれ、質素な夜具の敷かれた部屋では、ずるずると部屋着をひきずった姿は、だらしがないとしか思えないのである。

気がついてみれば、おなみは料理ができなかった。縹緻がよいからと楼主の手許におかれ、全盛の花魁になるようにと行儀作法や芸事ばかり教えられて育ったためで、それは亀之助も直右衛門も、母親のおすえも承知していたことだった。飯炊きも女中もいるから心配はないと思っていたのだが、女中に指図をしながら煮物を椀に盛りつけるおすえのうしろで、ぼんやり立っているおなみを見れば上機嫌ではいられなかった。

料理だけではない。ほころびを縫ってくれたかと思えば糸が表に出たままで、畳にこぼした醤油を拭けば、きつくしぼらぬ雑巾から雫がたれる。こんな女に惚れていたのかと亀之助が思う前に、直右衛門がおなみを嫁にしたことを後悔し、直右衛門が後悔する前におすえがおなみを嫌ってしまった。その上、おなみには子供が生れなかった。

ただ、おなみは商家の嫁になりきろうと必死だったらしい。廓にいた頃の権高な態度を捨て、倉地屋を訪れる得意先や株仲間へも、奉公人達へも、愛想のよい笑顔を向けていたのである。が、これが、おなみを気に入らぬ者の目には愛嬌をふりまき過ぎているように映るのだ。客間へは女中に茶をはこばせるようにとおすえが言い出したのは、祝言をあげてから一年たつかたたぬかの頃だった。

「倉地屋の嫁が、みっともない」

と、おすえは、亀之助を直右衛門の居間へ呼んで言った。直右衛門は黙っていた。同感であると言っているにひとしかった。

さすがに、おなみには伝えられなかった。おなみは翌日、客間へ案内された得意先にはこんで行こうとした菓子と茶を、「おかみさんのお言いつけですから」と女中に取り上げられたらしい。店にいた亀之助を小僧が呼びにきて、居間へ戻ると、おなみが涙を拭っていた。

「いいじゃあないか、好きなことのできる暇ができたと思えば」

亀之助に、それ以外の言葉は思い浮かばなかった。

おなみは、文字を書いて一日を過ごすようになった。全盛を誇っただけあって、おなみは、やわらかな仮名文字だけではなく、男も及ばぬほど勢いのある漢字も書く。見事なものであったが、おすえの機嫌はわるくなる一方だった。縁側まで風に飛ばされて行ったのをたまたま得意先の一人が拾い、押し戴くようにしてもらっていったのである。おなみはそれを奪い取って丸めようとし、おすえは、「みっともないものですから」と言って返してもらおうとしたらしい。客は「もったいない、神棚に上げておきますよ」と言った。何げなく言ったのだろうが、これがおすえの癇にさわった。

「もったいない」の前に、「緑山花魁の書きなすったものを」という言葉があるにきまっているからだった。

おなみは、部屋にひきこもって暮らすようになった。さすがに哀れになって、亀之助は時折、おなみのようすを見に行くようになった。が、それも、おすえの気に入らない。店にいる亀之助を呼ぶなと、おなみに八つ当りする。わたしは呼んでいませんと答えても、おすえは承知しない。なぜ用事があって、わたし達の居間へきたと言ってくれぬのかと、おなみは、自分をかばってくれない亀之助をじれったがった。

おすえが夏にひいた風邪がもとで、あっけなく逝ってしまわなければ、二人の諍いはどこまでつづいていたかわからない。母の死は悲しかったが、ほっとしたのも事実だった。その後、おなみは客間へも顔を出すようになったし、台所で女中に指図をするようにもなった。直右衛門ですら、「思いのほかにいい嫁だったな」と言うようになったのである。

それで気がゆるんだわけではないと思いたい。思いたいが、亀之助の気持は外へ向いた。近所の若い娘の姿が目につくようになったのだった。

後添いとなるお幸とは、その頃に知り合った。室町の扇問屋、安田屋の娘で、当時十六だった。やはり許婚者に先立たれたとかで、鬱々と暮らしていたらしい。

少しは気晴らしをと女中が外へ連れ出すようになり、その二人が時折見かけたのが、二十六になっていた亀之助だった。室町に鰹節を卸している店があり、しばしば安田屋の前を通っていたのである。

女中がいつお幸の気持を親に伝え、親がどんな風に鰹節屋へ娘のことを話したのかは知らない。鰹節屋は、恋患いをしている近頃めずらしい娘がいると世間話のように切り出して、亀之助も、人助けのつもりで会ってみる気になった。

小柄で、はにかんでいるのが取り澄ましているようにも見える娘だった。色白の細面で、切長の目やつまんだような鼻がおなみに似ていたが、商家の箱入り娘として育ったせいだろう、おなみの艶やかさはなく、そのかわり、おなみになかった初々しさがあった。

その上、十六と二十六である。亀之助は、ふたたび一目惚れをした。

だが、気に入らぬ嫁であっても、おなみに落度はない。まして、おなみを嫌っていたおすえは、あの世の人となっている。おなみが泣くほどの嫁いびりをしてくれる人は、いなくなっているのである。

お幸は、許婚者と死に別れたのも亀之助と出会うためだったのだなどと言った。緑山であれば手練手管のうちと思ったかもしれない言葉も、お幸が耳朶まで赤くして、口ごもりながら言うと可愛らしかった。亀之助は、つい「待っていてくれ」と言った。お幸がその言葉を信じ、両親にもそう伝えたであろうことは間違いなかった。

この娘と一緒になってやりたいと思った。思ったが、亀之助にはおなみという女房がいた。それも、お互いに惚れぬいて一緒になったと思っていた女房だった。どうしようと迷っているうちに、お幸がみごもった。「どうしてくれる」と言葉にはしないものの、安田屋は優柔不断な亀之助を見据え、呆れはてたように溜息をついた。やむをえなかった。亀之助は三行半を書いて、まず父に見せた。直右衛門は苦虫を嚙みつぶしたような顔で口を開こうとしたが、何も言わずに横を向いた。だからむりな身請けなどしなければよかったのだと言いたかったのかもしれないが、おなみの父親とうまが合い、反対しなかった自分を思い出したのだろう。或いは、亀之助がお幸と出会ってから丸一年、すでにみごもったお幸にくらべ、三十までまだその兆候がないおなみに子供を望むのはむりだと思う気持が、揉め事を避けたい気持に勝ったのかもしれない。

相談したいことがあると言うと、おなみは聞きたくないと答えた。お幸とのことは、とうに気づいていたようで、「相談がある」と亀之助が切り出した時は、子供が生れぬことを理由に離縁される時、と覚悟をきめていたらしい。

「すぐに実家へ戻ります。邪魔だと思われながら、ここにいる方が辛うございますので」

それが、おなみの意地だったのだろう。亀之助と直右衛門の前では一雫の涙も見せず、嫁入り道具も着物もこちらで買い整えてもらったからと、実家から持ってきた手文庫一つをかかえて出て行った。引手茶屋で密会をしたり、乾物問屋の叔父から身請けの金を借りたり、大騒ぎをした割にはあっけない幕切れだった。

三代目直右衛門が他界したのは、お幸の生んだ女の子が、つかまり立ちをするようになった時だった。

ちえと名付けたのは直右衛門で、商売のほかは何も興味がなかったような男が、口実をもうけては奥へ入って行き、おちえを抱いたり背負ったりしていたのだから、よほど可愛かったのだろう。おちえも、一月ほど床についていた直右衛門の枕許へよく這って行ったものだった。「起きて」というように小さな手で顔を叩かれて、養生もできぬと言っていたが、直右衛門の頬はゆるみっ放しだった。

一年後、亀之助は、四代目直右衛門となった。乾物問屋の叔父も番頭も、手代達までもが亀之助の手腕をあやぶんでいたようで、のちに知ったことだが、三代目の他界直後、倉地屋もここまでだという噂が小網町界隈に流れていたらしい。そういえば一時、手代や小僧達が浮足立っていたこともあった。

が、そんな噂のたった方が不思議だった。亀之助が倉地屋のあるじとなってから、売上の落ちたことは一度もない。それどころかふえる一方で、直右衛門を襲名する頃には、注文を小網町の店だけではさばききれなくなっていたのである。四代目直右衛門となった亀之助が、まず手をつけようとした大きな仕事は、できれば小網町近くの、小網町周辺がむりならば深川佐賀町あたりの、干鰯問屋の株を手に入れることだった。

「見直したよ」

と、しばらくたってから乾物問屋の叔父が言った。

「だてに遊んでいたわけではなかったようだな」

当り前ですよと笑ったが、少しうしろめたかった。

問屋株が売りに出るなど、めったにない。どんな噂も聞き洩らさぬようにして、寄り合いに顔を出した時には探りを入れてみたりもするのだが、支払いがとどこおっているという噂もなく、寄り合いでは皆、商売は順調であるようなことを言っている。番頭が、魚粕や魚油が突然売れ出すわけがない、うちがこれだけ繁昌しているのだから、どこかの売上が減っている筈と首をかしげても、不景気な話は出てこないのである。

じっくり待つほかはないと、亀之助の直右衛門は思った。じっくり待って、必ず手に入れる。問屋株の方はそうきめたのだが、女の方にはすぐ手を出してしまったのだ。相手は、寄り合いからの帰り、駕籠から降りた四代目直右衛門に突き当った女だった。

「ご勘弁」

抱きとめられた女は、直右衛門を見て笑った。したたかに酔っていた。が、月に照らされた顔は色白の細面で、切長な目はお幸よりも大きかった。

「いやなことがあったものですから、お酒をいただいちまって。お酒って、こんなに酔うんですね」

「駕籠屋まで連れて行ってやるよ」

と、直右衛門は言った。足許もあやうい女に突き当られてしまった男としては、当然のことだろう。

「有難うございます。でも、わたしは、懐がすっからかん。おあしはみんな、酒代になりました」

「わかってるよ」

「ま、見ず知らずの女にお貸し下さるのですかえ」

面倒くさくなって、直右衛門は口を閉じた。女に肩を貸すのは供の手代の役目にして、駕籠屋まで連れて行き、駕籠舁には酒手をはずんで、その女を家まで送り届けるよう頼んでやった。そこで終りになる筈だった。ところが、女は金を返しにきた。以前、鰹節問屋の方で見かけたことがあると言い、ぶつかって詫びを言った時に、倉地屋直右衛門とわかったというのである。

女は、南大坂町の中ノ橋近くで絵草紙屋をいとなんでいる、そよという者だと言った。あまり話したくないのだが、母親は呉服問屋の主人と縁ができて自分を生んだ、が、呉服問屋の主人とはそこで縁が切れて、母娘二人で暮らすことになった、その母親も去年の夏に死んだと、話したくないと言った割には、数日前に会ったばかりの直右衛門に、長々と身の上話をして行った。

その時、おそよは十八だった。お幸は十九で、二人めの子をみごもっていた。母親も死んで一人暮らしというおそよの言葉が気にかかった直右衛門は、室町の鰹節屋へ出かけたついでに、南大坂町まで足をのばしてみた。

　裏通りの絵草紙屋に客はなく、おそよは、けだるそうにうちわを動かしながら薄暗い店に坐っていた。おそよとはその日のうちに、おそよの言葉を借りれば、縁ができた。もう一軒、問屋株を手に入れたならば、息抜きの遊びもと思っていたのだが、息抜きの方が先になってしまったのである。

　取引先との話し合いとか得意先への挨拶とか、口実をもうけて出かけるので、おっとりしているお幸は気づいていないようだったが、小僧を先に帰すので、店の者達は薄々勘づいているようだった。お幸に告げ口をする者がいなかったのも、商売が順調にいっていたせいだろう。こんな時に、あえて夫婦の間に波風をたてることはあるまいと、そう思ったにちがいない。

　しかも、おそよは幸運を持ってきてくれた——と、当時の直右衛門は思っていた。南大坂町へ通うようになってからまもなく、深川の佐賀町に台所が火の車の干鰯問屋があるらしいと教えてくれたのである。

「実はね」

　と、おそよは、長いしのび笑いの末に言った。

「勢吉といういとこが、干鰯屋で働いているんです」

「どこの」

「内緒」

何という店か、倉地屋と取引のある店かと尋ねても、おそよはしのび笑いを洩らすだけで答えなかったが、半信半疑で番頭に調べさせてみると、まるで根も葉もない話ではなさそうだった。大嵐(おおあらし)のせいで下総銚子(しもうさちょうし)からの船が着かず、商売物がなくなってしまった問屋があったらしいのである。

倉地屋でも同じようなことがあった。約束の日に船が着かず、心配していると、転覆したという知らせが入ったのだ。

それでも蔵は空ではない。すでに得意先に売って、預りとなっているものが入っている。が、これに手をつけることは、仲間の規則で禁じられていた。佐賀町の問屋も規則を知らないわけではなかったのだろうが、着かぬ船の荷を買う約束だった客の催促が、よほど急だったにちがいない。二、三日後には船が着くという気持もあったかして、蔵の預り品に手をつけてしまったのである。表沙汰(おもてざた)にはならず、問屋は何もなかったような顔をしているそうだが、得意先からの信用はなくなった。平岡屋という問屋だった。

買おうと、直右衛門は言った。

が、人を介して平岡屋に株の売値を尋ねてみると、迷惑千万な噂だと、主人も番頭も怒ったという。考えてみれば、問屋仲間の噂は、まず問屋仲間の間にひろがる筈だった。おそよの話を本気にした自分が恥ずかしいと思いながら南大坂町へ行くと、おそよが待ちかねていたように飛び出してきた。

「何してなすったんですよ、せっかくいい話を教えてあげたのに」

いとこの勢吉に佐賀町のようすを聞くと、勢吉は、何の動きもないようだと頬をふくらませたという。

「先程も申し上げましたけど、勢吉が働いているのは干鰯屋なんです。旦那の前で言いにくいけど、南茅場町にある美作屋という問屋さんから干鰯を仕入れているお店なんですよ。だから、佐賀町の話もすぐ耳に入ったんです」

勢吉は、佐賀町の平岡屋から美作屋に株を借りてくれという話があったと怒っていたそうだ。彼は干鰯屋の主人から佐賀町の話を聞くとすぐ、仲のよい友人と金を出しあって、問屋株を買おうとしたのだった。

「それを、わたしがとめたんですよ。ちょいとでいいから、待っておくれと言って。だって、いつだったか旦那が、手詰まりではないのだが、店詰まりだと笑っていなすったんですもの」

勢吉は、おそよの大事な人が株を買いたいのであれば、むりをして金を掻き集めることもないだろうと言ってくれた。引き下がってくれたのである。が、買うようなことを言っていたのに、直右衛門は手を打とうとしなかった。切羽詰まった平岡屋は、買わなくともよいから借り受けてくれないかと美作屋に言ってきたらしい。

「勢吉が怒るのも当り前ですよ。勢吉は、何のために十五両まで集めた金を、貸してくれた人に返したんですか。みんな、旦那のためじゃありませんか。あと五両、誰かから借りて、友達四人のお金と一緒にすれば、干鰯問屋の株が買えたんですよ」

数人で株を買ったという話もないではない。故郷へ帰るつもりの薬問屋から、三人が金を出しあって株をゆずり受け、成功したという話を直右衛門も聞いたことがある。

「だが、おかしいな。二十両ずつ四人というと、佐賀町の干鰯問屋は、百両で株を売る気だったのだろう」

「ええ、平岡屋の屋号ごとゆずるって」

「こちらには、株を売る気などない、迷惑な噂だと言った」

「おかしな話」

おそよは首をすくめた。

「わたしが勢吉をとめたものだから、美作屋さんが乗り出すかもしれません。平岡屋は、勢吉の手の届かないところへ行ってしまいました」

拗ねて横を向いたおそよをそのままにして、直右衛門は、南茅場町へ向かった。寄り合いで幾度も顔を合わせている美作屋の主人が、客間で直右衛門の問いに答えてくれた。平岡屋が美作屋を訪れたのは事実だった。

「お店のことでね、ちょっと。でも、問屋株を買ってくれとか借り上げてくれとかいう頼みではありませんでしたよ。ま、売上の少くなった店をどうすればよいかといったような相談でした。わたしの女房が平岡屋さんの遠縁に当るものですから、わたしが相談をしやすい相手だったのでしょう。が、どうすればよいかと言われてもねえ」

と、美作屋は、言葉を選びながら言った。

「倉地屋さんが、商売の手をひろげたいと思っていなさるのは存じておりますが、あれは買ってよいものとは思えません」

「買ってよいも何も、断られました」

「それでよかったと思います」

だが、直右衛門は、美作屋は嘘をついていると思った。店の立てなおしの相談だったと言っているが、そうではあるまい。平岡屋は、親類筋となる美作屋へ株を買ってくれと頼みにきたにちがいない。美作屋に商売の手をひろげさせたいために、人を介して株を買いたいと言った直右衛門には、迷惑な噂がひろがっていると顔をしかめてみせたのだ。

それなら、こっちにも考えがある。

直右衛門は、急いで小網町へ戻った。番頭に、佐賀町のめどがついたと言って、百二十両の金を出させ、ふたたび南大坂町へ向かった。おそよに百両をあずけたのである。それとは別に二十両の金も渡した。勢吉が問屋株を買うつもりだったのであれば仲介する者がいる筈で、おそよから勢吉に、勢吉からその男に金を渡してもらい、美作屋より早く平岡屋の株を手にしてしまうつもりだった。

ざまあみろ、美作屋め。一足先に、二軒の店を持つ干鰯問屋になってやる。

その時の直右衛門は、おそよの口許に浮かんだ薄笑いにまるで気づいていなかった。


「だけどさ」

と、佐七が言った。

「百二十両は、そりゃ大金だけど、干鰯問屋ってのは、それくらいの金を騙し取られただけで軒が傾いちまうのかえ」

「いえ」

直右衛門は苦笑した。

平岡屋には、六百両もの借金があったのである。預り品に手をつけてしまったことを内々ですますためにかなりの金を遣い、高利の金にまで手を出してしまったのだった。美作屋への相談は、借金ごと買い取ってくれるような奇特（きとく）な人はいないだろうかという、虫のよいものだった。平岡屋の株を買うなとは、親類筋の内情を口にすることができなかった美作屋の忠告だったのである。

が、おそよと勢吉は、平岡屋の株を五十両で買った。平岡屋には、借金を清算して店を立てなおす力のある人が買うのだと言い、自分達はその使いであるというような説明をしたらしい。おそよは、問屋仲間や冥加金（みようがきん）の届出を早くすませてくれと、直右衛門に言った。百両で株を買ったと思っている直右衛門は、家主（やぬし）の家で借金を肩代わりしてもらえると信じている平岡屋と顔を合わせた。

「やはり、倉地屋さんでしたか」

と、平岡屋は言った。

「地獄で仏に出会ったような心地とは、今のことでございます。倉地屋さんならお引き受けいただけるかもしれないとは思っておりましたのですが、以前は見栄（みえ）もございまして」

何卒よろしく頼むと幾度も頭を下げるのが妙だとは思ったが、直右衛門は、蔵に残っている干鰯から奉公人まで、すべてひきとることにして、仲間や冥加金のための届出を書いた。平岡屋が高利の借金をかかえていたと知ったのは、そのあとのことだった。

言うまでもなく、おそよの姿は消えていた。美作屋へ勢吉の所在を尋ねに行ったが、彼も干鰯屋から暇をとっていた。百二十両のうちの七十両を持って、二人は行方をくらましていたのである。いとこどうしではなかったのだ。

「見事なものです」

直右衛門は、苦い笑いを浮かべて言った。

「おそよと勢吉は、六百両の、それも高利の借金を私に背負わせたかったようでございます。平岡屋が預り品に手をつけたことはかなり知れ渡っていたのでございますが、高利貸を頼る時は、さすがに平岡屋も人に気づかれぬよう用心していたとみえます。そういえばと、美作屋さんも思い出して下さいましたよ。平岡屋が相談にあらわれた時、勢吉が主人の使いできていたのだそうでございます。美作屋さんはちょうどいそがしかった時だそうで、店の横手にある小部屋で平岡屋に会ったのだそうでございますが、勢吉は、厠に立つか何かして、その話を聞いたのでございましょう」

直右衛門は、六百両の借金を払うことになった。いくら商売が順調であるとはいえ、一度に返せる金額ではない。幾度かに分けて支払うことにしたが、高利の借金は少しずつ返済するとふえてゆくような仕組みになっている。次第に利息を払うのが精いっぱいとなり、最後にはその利息も払えなくなってしまうのである。

倉地屋も、利息を払うのが苦しくなってきた。その上、どこから借金の話が洩れたのか、あれほどあった注文が少しずつ減って行った。坂道を転げ落ちるようなという言葉の意味を、これほど身にしみて感じたことはなかった。直右衛門は、男の子を生んだお幸を実家の安田屋へ帰した。小網町の干鰯問屋と鰹節問屋を、奉公人も商売物も、屋号もそのまま人手に渡した。その金で、佐賀町の借金を返し、直右衛門は何もなくなった。

「自業自得といえばそれまででございますが、おそよがなぜ、私を一文なしにまで追い込もうとしたのか、そのわけがわかりません。お幸という女房がいると承知でそうなったのでございますし、私もできるだけのことはしていたつもりでございます」

「それは、晃之助が聞き出してくれるだろうよ」

おそよは、平右衛門町の番屋で、覚悟をきめたように取り調べを待っている。

晃之助は、日暮れ近くにきた。寒い、寒いと言いながら懐から出したのは、自身番屋の向かい、木戸番小屋で売っている焼芋だった。こいつはうまそうだと言った佐七より先に、慶次郎の方が相好をくずして手に取った。甘いものはあまり食べぬ晃之助は、焼芋を肴に酒を飲みかねぬ慶次郎に、大仰な呆れ顔をつくってみせた。

「おそよの素性がわかりましたよ」

おそよは、ためらうこともなく、すべてを話してくれたそうだ。七十両を騙し取り、直右衛門を奈落に突き落とした罪はあるが、十数年前のことであり、とりあえず大番屋へ送って、入牢証文をとる手続きはあとまわしにしてきたそうだ。事件として取り上げるかどうか、もう一度直右衛門の意志を確かめにきたのだろう。

「おなみさんの家の女中だった人の娘、早く言えば、おなみさんの母親ちがいの妹です」

まさかと直右衛門が呟いた。

「おかねという女だそうですが。おなみさんが吉原へ売られたあと、まもなくおなみさんの母親が他界して、父親の身のまわりの世話をするために、おかねが雇われたのだそうです。が、おそよが生れて、いったん雑司ヶ谷の方へ引っ込んだとか」

が、浪人の父親が病んで、おかねとおそよは、まもなく江戸市中へ戻ることになったという。父親は他界、おかねも極貧の中であの世へ旅立った。おそよが十二歳の時だった。

話に聞いていた姉、おなみの緑山には、その時に会った。自分も身を売るつもりで緑山を頼ったのである。が、緑山は、浮河竹(うきかわたけ)の身は自分一人で沢山だと、おそよに金をあたえて帰した。おそよはしばらくの間その金で暮らし、品川や千住(せんじゅ)で働いたあと、江戸へ舞い戻ってきた。ただ、姉の言いつけだけは守り、飯盛(めしもり)にはならなかった。平(ひら)旅籠(はたご)の女中をしていたのである。勢吉に出会ったのはその頃のことで、その後勢吉と組んで、美人局(つつもたせ)を働いたことがある。その金で絵草紙屋を開いたのだった。

それからは、勢吉とおとなしく暮らしてゆくつもりだった。絵草紙屋の商いで、たまには向い合って酒を飲むくらいの生活はできそうだった。

そこへ、おなみが離縁されてきたのである。わたしに落度(おちど)はないと、おなみは言った。確かに料理も洗濯も満足にできなかったが、それははじめからわかっていたことだった。子供を生めない軀(からだ)になっていたとしても、養子をとることもあったのである。何も心配することはないと言って身請けをしておきながら、若い娘を見染め、その娘がみごもると、わたしを厄介者のように追い出したと言って、おなみは泣いた。年季があけるのを待って、地道に働く人と一緒になればよかったと言う言葉は、おそよにもよくわかった。店の戸締りをすませたあとで、勢吉と飲む酒ほどうまいものはない。平然と美人局をやってのけた勢吉が、根は穏やかに暮らしたい男であった幸運を、おそよは、しみじみと感じていたところだった。

その幸せをあたえてくれたのは、おなみの緑山だった。あの時、緑山が浮河竹の身は自分一人で沢山、お前は堅気で暮らせと、当時のおそよにすれば目を見張るほどの大金を渡してくれなければ、おそよは品川や千住の平旅籠で働こうとせず、岡場所へ身を沈めていたにちがいないのである。

「いいかえ、わたしが姉さんの敵討をしても」

と、おそよは勢吉に尋ねた。勢吉は、おそよにまだ出会っていないのだと思うことにすると答えてくれた。しばらく一人で暮らすと答えてくれたのである。

勢吉は、何かの役に立つだろうと、つてを頼って干鰯屋へ奉公した。おそよは、おなみに、直右衛門と顔を合わすことがないよう四谷塩町(よつやしおちょう)の仕舞屋(しもたや)を借りてやり、直右衛門から渡される手当てのほとんどをはこんでやった。そのうちに勢吉が平岡屋の噂(うわさ)を聞き込んできて、平岡屋の借金を直右衛門に背負わせる計画をたてた。

吉原に売られるような女が幸せであった筈(はず)はない。また、苦労をせずに昼三(ひるさん)の遊女になれるわけもなく、昼三になったところで、毎夜客の相手をする勤めがつらくないわけがない。そんな女が身揚りまでして男に尽くして、ようやく商家の女房になれたと思ったとたん、若くて可愛い娘が目についたからと離縁されたのではたまったものではない。遊女になったのは父親の都合、離縁されたのは亭主の都合では、姉の立つ瀬がないと、おそよは、晃之助を睨むようにして言ったそうだ。

「ついでに申し上げますがね、お幸さんの二人めの子の男の子は、実家の跡継ときまりました。お幸さんは、実家の近くに家を借りてもらって、花見だ芝居だと、のんきに暮らしているそうです」

　ふうん。

　と、慶次郎は言った。そうとしか言いようがなかった。

「で、どうします？　入牢証文をとりますか」

「俺に聞いているのかえ」

「養父上から渡された一件ですからね。養父上のご意見も伺わないと」

「女もこわいが、晃之助という養子もこわいね」

「そうですか？　わたしはやっぱり妻がこわいですね、わるいことをしていなくても」

　ばかでした、わたしが。

　声の主の方へは顔を向けず、慶次郎は台所へ立った。直右衛門は、奉行所で自分の来し方をくわしく話すようになるよりも、おそよやおなみとの和解を求める筈だった。が、女達の方が何と言うか。

今、山口屋の寮で顔をそろえている男達は、とりあえず酒を飲むほかはないようだった。

やさしい男

　大名屋敷の庭木の中で、鳩が鳴いた。その声に思わずうしろをふりかえった自分に、また腹が立った。吉次は、大名屋敷の塀を力まかせに蹴って、足首が感じた痛さに息をのんだ。

　この一刻ほどの間に、幾度、俺もやきがまわったと大名屋敷の塀に八つ当りをしたことか。一瞬、忘れていたが、先刻もくるぶしへ痛みが走って、しばらく足をひきずっていたのだった。

　くそ。

　こぶしで塀を叩きそうになって、あやうく思いとどまった。商家の板塀ならこぶしで穴を開けてやるのだが、大名屋敷のそれは板ではない。吉次はこぶしに息を吹きかけて、海鼠塀をねめつけた。

　南伝馬町の薬種問屋に面白い話がある、宵の口の五つに百本杭まできてくれと、下っ引がわりに使っている賭場のあるきが大根河岸の家をたずねてきたのは今日の昼で、妹夫婦がいとなんでいる蕎麦屋が最もいそがしい時だった。こういう知らせは、えてして長話になる。人に見られては困るだろうと思い、小遣いを渡してやって、約束の時刻にのこのこ出かけてきた。その自分も情けないが、騙されたと気がつかず、間抜け顔で待ちつづけていた自分はもっと情けない。

しかもその姿を、今夜にかぎって夜釣りなどという酔狂な真似をしにきた森口慶次郎に見られてしまったのである。間抜けを通り越して、大ばかやろうのこんこんちきとはこのことだろう。何をしているのだと尋ねられ、あわてにあわてて「お上の御用で」と答えて、ごていねいにも隅田川の上流に向かって歩き出してしまったのだ。慶次郎が、あやしげな知らせをもらいそこなったと見抜いていないわけがない。

あげくが鳩の鳴き声だ。大名屋敷の塀を蹴っ飛ばして歩いているのは大根河岸の吉次である。北風が吹き荒れても葉を落とさないという本所七不思議の一つ、松浦邸の椎の木が恐しさに震えて葉を落としてもよいくらいのものだが、吉次の方が鳩の鳴き声を聞いて、おびえたようにふりかえってしまったのだ。

「冗談じゃねえ、まったく」

蝮の吉次ともあろうものがなぜ、賭場のあるきの嘘にひっかかったのか。ひっかかって、一朱もの小遣いを渡してしまったのか。賭場の噂に聞耳をたて、吉次にとっては有難い話を始終届けてくれる男であったとはいえ、人の噂で小遣い稼ぎをしようという男が、信用できるわけはないではないか。吉次が渡す小遣いを大事にためていたあの男は、おそらく大根河岸をあとにした足で生れ故郷の安房へ向ったにちがいない。

「覚えてやがれ、くそ」

そのうちに安房へ行って、騙りの罪でひっくくってやる。そう声に出して言いかけたのを、吉次はあわてて飲み込んだ。下がりかけた溜飲が、途中でとまってしまったような気がした。大名屋敷の塀の陰から、ふいに人があらわれたのである。それも月の明りに照らされたのを見ると、華奢な軀つきの、気のせいか寂しげな感じのする女だった。

世の中にいるのはわるい奴とそうでない奴だけ、ほとんどがわるい奴と言っていい女にうつつをぬかす男の気が知れぬ、第一、縹緻がよかろうがわるかろうがその下にあるのはしゃれこうべだと、いつも下っ引達に言っている吉次だが、胸の奥の奥の、そのまた奥あたりにはまだ、ふっとうごめくものが残っている。

吉次は塀に身を寄せた。背の高い庭木が塀の外にまで枝をのばしていて、吉次を月明りから隠してくれた。

が、隠してくれなくても、女は吉次などふりむきもしなかったにちがいない。足をとめると同時に道に蹲り、袂に石を入れはじめたのである。暗くなれば人影の絶えるこのあたりは、入水して命を絶つ者が多い。魚が集まると言われている百本杭周辺は、遺骸の流れつくところでもあった。

気がつくと、吉次は、懐から両手を出して塀に貼りついていた。入水しようとする者は、下手に声をかけると川へ向って走り出してしまう。声をかける機を見つけるのがむずかしいのだが、本来の吉次が声を出さずに嗤った。

放っとけ。死にてえ奴にゃ、死にてえわけがある。俺がどうのこうの言う筋合いはねえ。死なせてやれ。

吉次は両手を懐へ戻した。調子はずれの鼻唄でもうたいながら歩き出そうと思ったが、うたう気になれない。それどころか、庭木の影から一歩踏み出した足は、そこで凍りついたように動かなくなったし、意に反して女を見ている目も、吾妻橋へ向う道を見てくれようとはしなかった。

吉次は必死で呟いた。死にてえんだから、死なせてやりゃいいじゃねえか。それも功徳だ。

だが、まだ若い女が死のうとしているのである。月を見上げている顔や物腰から見て年の頃は二十一か二か、髪のかたちから想像すると亭主のいる身ではなく嫁きおくれのようだが、指で突ついてみたくなるような唇が可愛らしい。美女とは言えぬまでも、おとなしげで、なぜこんな女が嫁きおくれたのかと不思議なくらいだった。

月を眺めていた女は、帯の間にも石をはさんで歩き出した。よほど思いつめているのか、ためらいのない足どりだった。

放っとけ――と自分に言った筈なのに、吉次は走り出していた。走り出して、足音に驚いて河原へ駆け降りようとした女の、石でふくらんだ袂を必死でつかんでいた。

「離して下さいまし、何も見なかったことにして」

「ばかを言っちゃいけねえ。目の前で身投げをされて、誰が見なかったことにできるかってんだ」

「いえ、そうして下さるのが、わたしへのご親切でございます」

「うるせえな。そう言われて、そうか、わかったと袂を離す奴がどこにいる」

「お慈悲でございます、どうぞ行かせて下さいまし」

「うるせえってんだよ」

右手で袂をつかんでいた吉次は、左手で思いきり女の頬を殴った。頬を押えた女は、まばたきもせずに吉次を見つめた。吉次の剣幕に驚いたのかもしれなかった。

ついでだと思った。頬を押えたまま立ちつくしている女の袂から、吉次は石を取り出して河原へ放り投げた。

「あばよ。早くうちへ帰りな」

女はまだ目を見張って吉次を見つめている。送って行ってやると言いたくなったが、いくら頭に血がのぼったあとでも、自分のうちくらい覚えているだろうと考えなおし、ふりかえらずに歩いて行くことにした。

泣声が聞えた。背を向ければ女の姿は見えなくなるが、少々女から離れても、厄介なことに声は聞えてくる。吉次は、舌打ちをしてふりかえった。

「手前の足で、ここまできたのだろうが。ここまでこられたのなら、帰ることもできる筈だぜ」

女は地面に尻をついて坐り、首をたれただけで、袂で顔をおおうこともせずに泣いている。二十を過ぎていると見た吉次の推測が間違っていたのかどうか、子供じみた姿だった。

吉次は、もう一度舌打ちをした。女の姿は、風が吹けば地面に倒れて起き上がれないのではないかと思うほど細く、頼りなげで、迷子になった子供のように見えるのである。

「さっさと帰れ。起こしてやるから」

吉次は女の手を引いた。が、女は立ち上がろうとしなかった。案外に強い力だった。

「帰れないんです、わたし」

「どうして」

「うちがないから」

「うちがないって、それじゃ今までどこにいたんだ」

　よせ、と言う声が頭の中で聞えた。自分の声だった。

　こんなことになる筈ではなかったのだ。吉次は、薬種問屋の臑にある傷がどういうものであるかを賭場のあるきから教えてもらい、明日は人通りが多くなる昼頃に、懐から十手をのぞかせて南伝馬町へ出かけて行くつもりだったのである。客の多い昼間、十手をわざと人の目に触れるようにした岡っ引に店へ入ってこられたのではたまったものではない。何も言わなくても薬種問屋は吉次を奥へ案内し、吉次はゆっくりと薬種問屋の古傷について語ることができる、そう思っていたのだった。それが、古傷について語った礼をたっぷりもらうどころか、可愛い唇をした女にすがりつかれているのだ。

　今日は日がわるい。唇が可愛くても、引き寄せたくなるような華奢な軀つきをしていても、こんな女にかかわらない方がいい。が、女は、すがりつくような目つきで吉次を見上げていた。

「九月の出替わりで、それまで働いておりましたお店をやめましたが、次の奉公先が見つかりません。雑用を払って、人宿の小部屋で暮らしていたのでございます」

人宿は、口入れ屋ともいう。市中にかなりの数があるというが、女中の奉公先が見つからぬという話は聞いたことがない。奉公人の数を減らさねば暮らしてゆけぬ武家とちがい、商家は、これほど利益があるのだと言わぬばかりに人を雇う。まして、師走である。臨時雇いの女中が欲しいところもあるだろう。吉次は女をちらと見て、内儀が口やかましそうだとか、女中にも厳しい番頭がいるとか、贅沢なことを言っていたのではないかと思った。

「どんなところでもよいと言っていたのですが、働く先は見つからなくて。人宿から、そろそろ出て行ってもらいたいと言われました。言われなくても、雑用を払うお金がなくなっていたのでございますが」

女は、可愛い唇を震わせて吉次に訴えていた。

吉次が二階から降りて行くと、それを待っていたらしい妹のおきわが、袖をつかんで裏口の外へ連れて行った。

「やっぱり、困ります」

昨夜連れ帰った女を、店で働かせることはできないというのだった。予想通りといえば、予想通りの答えであった。妹夫婦に働かせてくれる気があれば、昨夜のうちにうなずいてくれただろう。一晩考えさせてくれというのは、断ると言うのにひとしい。そうわかっていたのに、困りますと言われて落胆したのは、断るといきまくおきわに、亭主の菊松が「ま、いいじゃないか」と宥めてくれるかもしれないと、どこかで期待していたからだろう。

「わかったよ」

「うちの人は、兄さんが連れてきちまったんだからしょうがない、手伝ってもらってもいいって言ってくれたんだけど」

「ふうん」

「わたしは、いやなの。あの女の人、見かけはおとなしそうだけど、お腹の中はちがうような気がして。それに兄さんだって、毎度毎度うちの人の世話になりたくないでしょう?」

吉次が口をつぐんでいるうちに、おきわは店へ戻って行った。「いらっしゃいませ」と言う妹夫婦の声が、ほんの少しずれただけで聞えてくる。まだ正午には時間があるが、朝早くから歩きまわっている行商人達で賑いはじめる頃だった。吉次は、そのまま河岸へ出た。

昨夜、吉次は女の身の上話を聞いた。聞かせてくれと言ったわけではない。連れ帰った時にはまだ店に客がいて、やむをえず女を二階へ上げた。ごみだらけ、埃だらけの自分の部屋へ入れるわけにはゆかず、時折、懇意な客への貸座敷ともなる妹夫婦の部屋で休ませてやった。そこで、女が勝手に喋り出したのである。

時折、賭場のあるきに騙された口惜しさがこみあげてきて、女の身の上話などどうでもよくなった。身の上話は耳にも頭にも入っていないのだが、女の名前が、「くに」であったのは覚えている。母の足手まといになって、母に楽をさせてやれなかったと繰返し言っては泣いていたので、それも記憶にある。両親が下野だか上野だかの生れで、そちらには血縁の者がいるが、酔うと乱暴になる父親から母親が逃げ出してきたので、故郷には便りすら出したことがないとも言っていた。その母親も、八年前に死んでいる。ということは、まったく身寄りがないと言ってもいい。身寄りがなくても、妹夫婦が店で働いてもらいたくないと言うのであれば、二階から追い出すほかはない。追い出すほかはないが、吉次はあの女を助けてしまったのである。仕事くらいは見つけてやらなければならないだろう。

吉次は、裏口から店へ戻った。菊松が大釜の中から蕎麦を引き上げていたが、いつものように「お帰り」とは言ってくれなかった。吉次も、黙って階段を上がった。おくにとなのった女は、出入口の唐紙に背を向けて坐り、ぼんやりと壁を眺めていた。

「おい」

と、吉次は女に声をかけた。

「お前、どこで働いていた」

九月五日の出替わりから昨日までの三月あまりも仕事が見つからず、仕事を探す者達が住まわせてもらう口入れ屋の小部屋で暮らしていたというのであれば、九月四日まで働いていた店に、もう一度働かせてやれとかけあうのが一番の早道であるにちがいない。

ところが、その店の名を言おうとしない。屋号どころか、どこにある店なのか何の商売をしているのか、まったく忘れてしまったというのである。世話になっていた口入れ屋の場所さえ教えようとしない。見かけとお腹の中はちがうと言った妹の目利きの方が、可愛い唇と華奢な軀つきに多少、いや、ほんの少し惑わされた吉次より確かかもしれなかった。

ならばなお、早く働き口を見つけねばならない。今から弥生三月の出替わりまでという約束でもいい。人を嫌ったことのない、江戸中の人間に憎まれている吉次さえ嫌っていない妹が、生れてはじめて、あの人はいやだと言ったのである。いつまでもおくにを二階に置いて、妹夫婦を店の小上がりに寝かせることはできなかった。で、どこへ行く。

これも何かの縁だと思った。吉次は、おくにを見据えてから部屋を出た。賭場のあるきに騙された南伝馬町の薬種問屋へ足を向けた。が、薬種問屋の番頭は、さすがに口が達者だった。薄目を開けて見据える吉次の薄気味悪さにもひるまず、九月に女中を一人ふやしたばかりだとか、内儀の気に入らないと奉公がしにくいとか、早口にまくしたてて懐紙にくるんだものを吉次の袂に入れた。叩き返す気も失せて踵を返し、角を曲がったところで開けてみると、二朱入っていた。

薬種問屋は諦めたが、二軒めに訪れた料理屋が、しぶしぶ住み込みで雇うと言ってくれた。南伝馬町三丁目の、明月という料理屋だった。そのかわり、おくにに不都合があった場合は即座にやめてもらう、口出しは決してしないでくれという条件がついていた。

口出しをするなと言われたのが癪にさわったが、承知するほかはない。「わかった」

と答えて帰ろうとすると、明月の主人は意外そうな顔をした。「おかしな文句をつけてやめさせるなよ」とでも言って、半分眠っているような目で見据えてやれば、一朱つつんでくれたのかもしれなかった。

おくにはその翌日から明月で働いている。料理屋で働いたことがないとか、客に愛想よくできないなどと言って、涙ぐむのではないかと思ったが、案外にあっさりとうなずいて大根河岸から出て行った。涙ぐんだのは、おきわがいくらかの餞別を渡してやった時だった。

一件落着だと思った。おくにが一月で追い出されようと、吉次の知ったことではない。可愛い唇や華奢な軀つきが脳裡をよぎることもあったが、おちょぼ口で痩せている女くらいいくらでもいると思っていた。が、年が明け、松の飾りがとれたばかりの正月八日に、思いがけぬところから、思いがけぬ知らせがきた。

「おくにさんが、怪我をしてはこばれてきました」

と、知らせにきた庄野玄庵の弟子は言った。

「怪我？」

吉次は鸚鵡返しに尋ねた。

「階段から落ちでもしたのかえ」

「とにかく、玄庵宅までおいで下さい」

何かあったとは思った。確かに、医者として庄野玄庵の腕はいい。吉次も怪我をした時は、玄庵に診てもらってくれとわめくつもりだった。が、南伝馬町の明月が、怪我をした女中をわざわざ八丁堀まではこんで行くだろうか。下谷や三田の方からきている病人もいるが、それは玄庵が診立て代をむりにとろうとしないからで、明月ほどの料理屋が診立て代の支払いに苦労するとは思えない。

おくには、玄庵の家に寝かされていた。それも、病人をあずかっている病間ではなく、弟子達の部屋に寝かされていた。死んでいるような、暖かみのない青い顔だった。しかも、おくにの枕許には南町の定町廻り同心、島中賢吾が坐っている。廊下では、吉次にはよくわからぬ診立ての道具を持った玄庵と、綿入れの袖なしを羽織っている森口慶次郎が、しかつめらしい顔で立話をしていた。

「や、親分のご到着だ」

と、吉次に気づいた玄庵が言った。

「お正月早々、呼び出すのも何だと思ったのだが、明月の亭主が、この女の請人は親分だと言うものだからね」

「請人？」

なった覚えはない。おくにを明月へ押し込んだのは、早くおくにを追い出して妹を落着かせてやりたかったからで、おくにの面倒をみてやりたかったわけではない。

「わるい癖が出たようだよ」

玄庵は、部屋に入って吉次を手招きした。おくにの枕許に坐り、おくにの袖をまくり上げる。吉次は息をのんだ。おくにの両手に、幾つもの傷があったのである。

「親分は、気づいていなさらなかったのかえ」

声が出ない吉次に、玄庵が言った。

「剃刀（かみそり）の傷痕（きずあと）だよ。自害をしようとしたものらしいが、いったい幾つあると思う？　五つや六つではないんだよ」

吉次は瞬時にかわいた口中をうるおそうと、唾（つば）を飲み込んだ。それでも声はかすれていた。

「死んじ……死んじまったんで？」

「いや」

玄庵がかぶりを振ってくれた。

「命はとりとめたよ。見つかるのが早かったんでね」

「明月の、物置になっている小部屋で手首を切っていたそうだ」

と、慶次郎が言った。

「明月の亭主が、親分にとんだ女を押しつけられたと怒っていたぜ。が、こう言っては何だが、お前(めえ)は明月に文句を言えるようなことを探してはきても、明月からお前(めえ)に文句がくるようなことは決してするこたあねえ。知らずにやったことだと、あやまっておいたよ」

なぜそんなところに慶次郎がいたのだと思ったが、弁解をしてもらった礼は言わなければならないだろう。いや、迷惑をかけた詫(わ)びかもしれない。吉次は、口の中で礼と詫びを言った。

「で、女の素性(すじょう)はわかっているのかえ」

賢吾だった。首を振りかけて、吉次は、おくにが両親の生れ故郷について話していたことを思い出した。下野であったか上野であったかわからないが、便りも絶えているという故郷をたずねれば、ことによると父親が生きているかもしれない。

「雲をつかむような話だな。しょうがない、太兵衛(たへえ)のくるのを待つとするか」

「弓町(ゆみちょう)もくるんで？」

「ああ。明月の亭主が、しばらく人宿で暮らしていたらしいと教えてくれたので、その人宿を探している。親分は、どこの人宿か知ってるかえ」

「いえ」

その短かい言葉を言うだけでかわききった口の中が口惜しさに焦げてしまうかと思った。吉次は、一両くらいは入っている財布を玄庵に渡し、部屋を飛び出した。可愛い唇と華奢な軀つきに騙されて、素性を確かめもせずにおくにを明月へ連れて行った自分に、唾を吐きかけてやりたかった。

太兵衛にまかせてはおけなかった。太兵衛がおくにの素性を調べ上げてきたならば大変なことになる。おくにが性悪であろうと押込の手伝いをしていようとかまわないが、そんな女に吉次がひっかかったとわかったなら、面目丸潰れではないか。

海賊橋を渡ったところで立ちどまった。ちょっと考えて、本郷へ足を向ける。根津権現社の門前町には遊廓があり、その中の見世で働いている男の一人が、吉次の下っ引をつとめていた。ただ、吉次自身は訪れたことがない。嘘かほんとうか知らないが、宝暦の頃、茶屋の倅が幕府要職の者に可愛がられ、この遊廓だけは手入れがないと言われていて、面白みがないからだ。手入れがあるかもしれぬと脅して、袂に金を入れてもらうことができないのである。

根津へ行くのはもっぱら畳町にいる下っ引で、小見世へ上がるくらいの小遣いは渡してやる。下っ引は、間延びのした顔で、面白かった、吉原よりずっといいなどと言いながら帰ってくるのだが、必ず手がかりの尻尾くらいはもらってくる。繁昌の地であるだけに、人の噂もあふれるほどに入ってくるようだった。

権現社の鳥居の前に立って、吉次は苦笑いをした。遊女屋が並んでいるのは、門前町だけではなかった。宮永町にも遊女屋がならび、ひやかしらしい男達が歩いているのである。

「こいつら、いったい何をして食っているんだ」

昼間から男がぞろぞろ歩いているということは、それだけ江戸の懐が豊かだということか、暇な男が多いということか。無論、吉次は別である。吉次は、ひやかしにきたのではない。御用の筋――というのはさすがに気がひけるが、太兵衛より先におくにの素性を探り出すため、きたくもないところへきているのだ。

根津には、木村屋と中田屋という二軒の大見世がある。無論、下っ引の平三は、そんなところで働いていない。参道を権現社の方へ曲がらず真っ直ぐに歩いて行くと、右手に切見世のならぶ一劃があり、その手前の武蔵屋という小見世にいる。若い衆といえば聞えはよいが、もう三十に手が届いているかもしれなかった。

たちのよくない客と思ったのか、気のないようすで声をかける遊女には見向きもせず、吉次は、見世の出入口へ向った。平三は、出入口の腰掛に坐って(すわ)いた。手招きをすると、平三は「ちょっと待っておくんなさい」と低い声で言って、見世の中へ入って行った。すぐに戻ってきたが、うしろに遣手(やりて)と見える年寄りの女がいた。吉次を無遠慮に眺めまわしたところをみると、平三は、「昔の知り合いが金を借りにきた」とでも言ったのかもしれなかった。

「すぐに帰ってきておくれよ」と、遣手が言う。平三は、吉次を切見世の奥にある稲荷社(いなりしゃ)へ連れて行った。赤い鳥居の前でふりかえると、じっと見送っていた遣手が、肩をすくめて見世の中へ入って行った。

鳥居の奥の稲荷社は、枯木にかこまれている。吉次は、風に鳴っている裸の枝を眺めながら、自害を繰り返すので追い出された女の話を聞いたことがないかと尋ねた。

「根津のあたりにゃいねえかもしれねえが。本所(ほんじょ)でも音羽(おとわ)でもいい、ちらとでも耳にしたことはねえかえ」

「いましたよ、この近くに」

即座に平三は答えた。

「おとみのことでしょう？」

「いや、名前は知らねえんだ」

「そういう女がたんといるわけはねえでしょうから、間違えねえと思いやすが」

「で、どこにいたのだ」

「宮永町の小料理屋にいやしたよ。前は日本橋の傘問屋で働いていたとかで、喋り方はていねいだし、縹緻もいいので、料理屋の亭主は拾いものだと喜んでいたんですがね。半年の間に二度も剃刀で手首を切ったので、薄っ気味がわるくなって暇を出したそうで。おとみには身寄りがなく、次の仕事が見つかるまで人宿にいるつもりだったようですが、人宿も面倒を背負い込みたくなかったんでしょう。出替わりまで働かせてやれと料理屋へねじ込んできて、一悶着あったそうですが」

吉次にはおくにとなのった、あの女にちがいなかった。が、おそらく、料理屋の主人もおくに――おとみかもしれないが、女の素性は知らないだろう。日本橋の傘問屋で働いていたというのが事実であるとすれば、そこへ行った方がいい。問屋が身許のはっきりしない女を雇うわけがなかった。

平三に小遣いを渡して、吉次は宮永町へ向かった。傘問屋の屋号と所を教えてもらうつもりだった。

平三は小料理屋と言っていたが、縄暖簾に近い造りで、呼び出した亭主の目の鋭さも尋常ではない。叩けば埃が出るだろうと思ったが、吉次は、黙っていくらかの銭を渡した。なぜ、自分がこんなに金を遣わねばならぬのか、よくわからなかった。お上の御用をつとめる者と聞いて、警戒していたらしい料理屋の亭主も、おとみの身許を知りたいだけとわかって表情をゆるめた。吉次を横目で見る時以外は、どこにでもいる男の顔つきになった。

「屋号まではわかりませんがね。が、傘問屋に奉公していたってのは、ほんとうでしょう」

と、料理屋の亭主は言った。

「何でもおふくろが生きている時に、おふくろの知り合いの世話で奉公することができたと言っていましたから。ええと、あいつは今年二十五か六になっている筈だから……」

「二十六？」

「ええ、わたしにゃ二十、店の客には十九だと言っていましたよ。が、傘問屋に奉公したってえ年齢からかぞえると、勘定が合わないんです。親分さんも騙されなすったくちで？」

「俺が騙されるわけはねえだろう。二十三、四かとは思っていたが」

なぜ、こんなところで嘘の混じった言訳をしなければならないのだ。

「傘問屋に奉公したのが、十五の時だと言っていましたねえ。それから二年か三年が過ぎた時に、おふくろが急に亡くなったそうで、それから傘問屋で働くのがいやになっちまったんだとか。わたしが足手まといになっていたから、おっ母さんが長生きできなかったんじゃないか――なんて、始終言っててね。しばらくの間は、どこかの隠居に囲われたりもしていたらしいが、そこでもやっぱり手首を切ったようで。そうと知っていりゃ、雇わなかったのですが」

「お前んとこで働いているのはみんな、わけのある女じゃねえのかえ」

「そうじゃねえとは言いませんが、うちは料理屋ですよ、親分。手首を切った女中がいると評判になって、客がふえるところじゃありませんやね」

亭主は首をすくめた。縹緻がよけりゃ、いわくつきの女でもいいと思って雇ったのが思惑がはずれ、追い出したのだろうと、よほど言ってやろうかと思ったがやめにした。吉次は、懐手をして料理屋の亭主に背を向けた。

日本橋へ行って、おくにの働いていた傘問屋を探そうと思った。が、傘問屋へ行って何がわかるのかとも思った。わかるのは、おくにのほんとうの名と年齢くらいではないか。

二十年くらい昔、亭主の乱暴に耐えかねて、下野だか上野だか知らないが、生れ故郷から江戸へ娘を連れて逃げてきた女がいた。娘は五つか六つだった。幼い子にとって旅は楽ではないが、それでも乳飲み子をかかえての一人旅よりはましと、女は、娘が長い道程を多少なりとも歩けるようになるまで辛抱していたにちがいない。

　亭主から逃げ出したい一心での旅である。ろくに路銀もなかっただろう。娘は、ひもじいと言って泣いたのではないか。いや、子供心にも母親は父親から逃げなければならないのだとわかって、泣きたいのを必死でこらえていたかもしれぬ。江戸へ辿り着くことができたのは、銭一文、米一粒すら持っていなかった母娘に同情した者達がいたからにちがいない。たとえば木賃宿の亭主は、何も言わずに米と薪を渡してやり、道連れになった男は、茶店で団子をふるまってやる。代償を迫られることも、あったことだろう。

　江戸に着いても知り合いはいない。江戸のどこに安い長屋があるのか、内職の仕事はどこからもらえるのか、何もわからなかった筈だ。十五のおくにが傘問屋に奉公できたことから考えると、母親は、商家の主人か隠居に囲われたのではあるまいか。傘問屋をやめたおくにが、どこかの隠居に囲われたらしいというのも、その時の母親を見ていたからだろう。

おくににとって傘問屋で働いていたことは、唯一、人に自慢できることであったにちがいない。「ああ、あの傘問屋さんで働いていなさるの」と、知り合った人達は言う。傘問屋で働いていると言うだけで信用してくれる。陰日向なく働いていれば内儀に褒められて、多少の小遣いももらえたことだろう。その小遣いをため、藪入りの日には母親の好きなものを買って、母親の待っている家へ駆けて行く。母親も――その頃まで囲われていたのかどうかわからないが、前夜から娘の好物をつくり、その日は表口を出たり入ったりしながら帰ってくるのを待っていたにちがいない。

だが、その母親が急死した。飲まず食わずの旅をして江戸へ辿り着いて、ようやく人並の暮らしができるようになったところであの世へ旅立ってしまったのである。何のための苦労だったのかと、おくには思う。おくにだけではない。吉次も、おくにの母親は苦労をするために生れてきたようなものだと思う。ま、うじゃうじゃと生きている中には、何のために生れてきたのか、わからねえ奴もいるけれども。

その一人が、吉次だ。気がついた時にはこの世にいて、父親や母親に手を引かれて歩いていた。その頃から上目遣いに人を見る可愛げのない子供だと言われていたが、吉次に言わせれば、「文句があるなら子供を連れて出て行け」「子供が生れたのは半分お前さんのせいなんだよ」という喧嘩を毎日のように聞かされていて、可愛げのある子供に育つわけがない。

可愛げがないので奉公先が見つからず、やむをえず岡っ引になって、それから蝮と異名をとる嫌われ者になって、おみつという女に惚れて、何とか所帯を持ったものの、結局はおみつに逃げられた。人から嫌われて、女房に逃げられて、妹のお荷物になるとわかっていたなら、生れてきはしなかった。妹のおきわは一度、流産をしているが、それも吉次という兄がいるための、周囲への気遣いに疲れたせいかもしれないのだ。

商家の主人か隠居に囲われた時、おくにの母親は何を思ったのだろう。「これで安心して暮らしてゆける」だったのか、「こんなところにしか辿り着けない」だったのか。

吉次の想像に過ぎないが、おくにの母親は、かゆいところへ手の届くように〝旦那〟に仕えた筈だ。おくにという娘もいるのに後楯となってくれたのだからと、一歩も二歩もさがっているような暮らしをしていたのではないか。が、娘のおくにには、そんな母親の態度が不満だっただろう。「おくにという娘もいるのに」とは何だ、生んだのはおっ母さんじゃないか。わたしのいるのがそれほど気がひけることなのなら、生まなければよかったんだ。

そんな不満も、傘問屋に奉公できたことできれいに消える。おくには傘問屋の女中という一人前の女になり、母親とも仲のよい親と子になった。だが、母親はあっけなく他界してしまったのである。

何のために生れてきたの、おっ母さんは。おっ母さんは、何のためにわたしを生んだの。ずっとわたしのために気兼ねして、わたしが一人前になったとたんに死んじまうんだもの。

「ばかやろう」

大声で叫んで、吉次は自分の声に驚いた。すれちがった手代風の若者も、目を見張ってふりかえった。

いつのまにか、日本橋を渡っていた。が、おくにが働いていた傘問屋を探すつもりもなければ、八丁堀へ戻る気もなかった。おくにの素性は、いずれ太兵衛が探り出すだろう。吉次がおかしな女にひっかかりゃがったと、嗤いたければ嗤うがいい。おくにには、もうかかわりたくない。かかわったところで、おくにの病いを癒してやるなど、誰にもできはしないのだ。

俺あ、できねえことはしねえ。それよりも、叩けば出る埃を探している方がいい。おくにには、手前で病いを癒せ。

吉次は、大根河岸へ戻った。

裏口の戸を叩く音で目が覚めたのは、それから七日めのことだった。菊松が階段を降りて行ったようだったが、すぐにその足音が戻ってきた。

「義兄さん、起きてなさいますか」

おきわも目を覚ましているだろうに、菊松は声を押し殺して吉次を呼ぶ。吉次も、低い声で返事をして起き上がった。夜の明けていない家の中は冷えきっていて、唐紙を開けると、夜着がわりの襦袢に袢纏を羽織った菊松が、寒さに震えながら立っていた。

「弓町の太兵衛親分がおみえです」

「今行く」

菊松は律儀に階段を降りて行って、太兵衛を店の中へ入れてやったようだった。吉次は、急いで身支度をして階段を降りた。

太兵衛は、竈のそばに立っていた。熱い茶で軀を暖めて行けと言って湯を沸かそうとしている菊松に、すぐに出かけるからと断っているのだった。吉次は、何も言わずに外へ出た。太兵衛があとを追ってきて、菊松が「お寒かったでしょうに」と頭を下げた。

「いい義弟（おとうと）だな」

と、太兵衛が言う。吉次は、「用事は、玄庵先生んとこの病人か」と尋ねた。太兵衛は小さくうなずいた。

「俺んところへ知らせがくる前に、森口の旦那とうちの旦那へ知らせが行ったようでね」

「森口の旦那？ なぜ、そんなところにまで知らせが行かにゃならねえ」

「森口の旦那が、一番先にかかわりなすったからよ。明月にすりゃあ、店の女中が自害をはかったなんぞと、妙な噂（うわさ）をたてられたくねえわな。持病で倒れたと玄庵先生を呼んで、何卒（なにとぞ）ご内聞にと頼まれた玄庵先生が根岸へ使いを出しなすって、森口の旦那がうちの旦那や俺を呼びなすったというわけさ。吉次親分が玄庵先生とこへきなすった時、みんな、顔を揃（そろ）えていなすっただろうが」

「それだけ顔が揃っているなら、この寒い中を朝早く、俺を呼びにこなくてもよいだろうに」

「そうはゆかねえ。親分は、おくにの請人だろうが。森口の旦那は、親分にゃあとで知らせればいいと言ってくれなすったが、俺あ、お前（めえ）が一番早く行かなくてはならねえと思う」

「おくにが何をしたってんだ」

明け六つの鐘もまだ鳴らない。吉次は、つめたい風に首をすくめながら尋ねた。

「病間で寝ていた娘の首を絞めた」

「何だって」

「娘は心の臓が思わしくないので、玄庵先生があずかっていなすった」

心の臓がとまりそうなのは、吉次の方だった。風のつめたさのせいではなく、胸が縮んでしまったように痛み、息苦しかった。それでも、可愛らしい唇をなかば開き、虚空を見据えて、心の臓を患っている娘の病間へ入って行くおくにが見えた。乱れた髪のふりかかる蒼白な額には油汗が浮き、目許には細かい皺が刻まれている。吉次に見えているおくにには、ためらいもせず娘にのしかかり、細い指で首を絞めつけた。

やめろ。

叫びそうになった吉次を、太兵衛がふりかえった。

「まさか、まさかおくにが人殺しに……」

母親の足手まといだったと悩みつづけて、あげくのはてが人を殺して死罪では、むごすぎる生涯ではないか。

「大丈夫だよ」

と、太兵衛が言った。

「心の臓のわるい娘だったがな、おくにの軀もまだ弱っていたのと、たまたま厠(かわや)に立った玄庵先生がおかしな気配に気づきなすったのとで助かった」

「よかった――」

深い息が、つめたい風の中で白くなった。吉次は、太兵衛をおいて走り出した。八丁堀の玄庵の家へついた時には、寒いどころか、胸もとにうっすらと汗がにじんでいた。

案内も乞(こ)わずに家の中へ飛び込んで、まず心の臓を患っている娘の病間に入った。枕許(まくらもと)に玄庵の弟子が坐っていたが、首を絞められたことが原因で、明日をも知れぬ命になったということはなさそうだった。

「すまねえ」

吉次は、娘に向かって両手をついた。

「すまねえ。あの女のやったことは、俺があやまる。あやまって、お前(めえ)が癒(なお)るまで俺が面倒をみる」

自分が何を言っているのか、よくわからなかった。玄庵の弟子も呆気(あっけ)にとられたような顔をしていたが、吉次は、この家の隅にある弟子の部屋、今はおくにの病間へ走った。枕許には玄庵と慶次郎、それに賢吾がいて、おくには青白い額を異様に光らせて、天井を見つめていた。

「ばかやろう」

無性に腹が立った。腹が立って腹が立って、どうにも抑えることができなかった。吉次は枕許の玄庵を突き飛ばし、おくにを抱き上げて、思いきり頰を殴った。「何をする」と玄庵が叫び、賢吾が腕を押えた時には、二度、おくにの頰を殴っていた。

「ばかやろう」

「だって」

と、おくにが天井を見つめたまま、かぼそい声で言った。

「だって、可哀そうじゃありませんか。あの娘さん、心の臓を患っていて、思うように働けないんですよ。あんまりお金のある人の子じゃないっていうし」

「それがどうした」

「だから、娘さんの気持を察してあげたんです。可哀そうに貧乏で、軀も思うように動かなくって。何のために生れてきたのか、わからないじゃありませんか。死にたいと思っているにちがいないから、わたし……」

「ばかやろう」

三度、そうわめいてから気がついた。

俺はいったい誰に腹を立てているのか。

おくにの「ばかやろう」にも腹が立つ。死にたいという自分の気持を、人に押しつけてどうするつもりだったのだ。あの娘は、自分のだらしない心の臓とずっとつきあってゆくつもりだったかもしれねえんだぞ。それに、おくにの枕許に雁首(がんくび)をならべている玄庵も賢吾も腹立たしい。山口屋の寮番だと言っているくせに、玄庵に呼ばれたからと、こんなところにまで顔を出す森口慶次郎などは、蹴(け)っ飛(と)ばしてやりたいくらいだ。何が情にあつい定町廻りだ、何が仏の慶次郎だ。仏なら、おくにの母親の寿命を十年くらいのばしてやれってんだ。そうだ、俺は何もかも面白くねえんだ。何を見ても聞いても、腹が立つんだよ。腹が立つから、生きていられるんだ。

「親分。親分ってば」

おくにが、かぼそい声で呼んでいた。

「親分、おやさしいんですね」

「うるせえや、よけいな世話をやかせやがって」

慶次郎が、賢吾に目配せをして立ち上がった。帰るつもりなのかもしれなかった。

二人が帰るというのであれば、吉次がおくにについているほかはない。玄庵にも玄庵の弟子にも、夜が明ければ押しかけてくる大勢の病人の診立てという仕事がある。また娘の病間に入って行きかねぬおくにを、見張ってはいられないのである。

慶次郎はすました顔で、賢吾は意外そうな顔で吉次を見て、部屋から出て行った。表口の方から太兵衛の声が聞えたが、上がってくるようすはない。慶次郎達と引き返したのだろう。

仏の慶次郎が、聞いて呆れるよ。

目を閉じたおくにを寝床へ戻してやりながら、吉次は思った。

俺の方が、よっぽど慈悲深くできてらあ。

除夜の鐘

「おや」と呟いて、森口晃之助は足をとめた。市中見廻りの途中だった。見廻りに出るのは定町廻りの六人で、かなりの早さで歩かねば時間が足りなくなる。それでも周辺で起きていることに、気を配ってはいるつもりだった。しばらく空家だったその店に、一月ほど前から大工や建具職人が入っていたことも知っていて、供の小者と「ようやく借り手があらわれたようだな」と話していたのだが、縄暖簾になるとは思わなかった。

元鳥越町は、鳥越明神をかこむようにしてひろがる町屋で、大通りのほか、路地のように狭い通りもある。養父の森口慶次郎が根岸からわざわざ出かけてくる蕎麦屋もこの町にあり、縄暖簾の数も少くない。新しい店ができてもおかしくはないのだが、通りを隔てたその店の向い側には、去年の今頃に暖簾を出した店があるのだ。

「驚きなすったでしょう？」

と、辰吉が言った。

去年暖簾を出した店の方で先日、刃物をふりまわすほどの夫婦喧嘩があり、仲裁役に辰吉が呼ばれたのだという。その時に、建具職人の入っている向いの店が縄暖簾になると知った。夫婦喧嘩はすぐにおさまった。店の常連とその女房の喧嘩で、喧嘩はいつも派手だが仲のよい時は目のやり場に困るくらいの夫婦だとか、犬もそっぽを向く類のものらしく、世話をやかせるなと叱って終りにしたのだそうだ。

「ま、三日後にはまた大喧嘩でしょうが。それでも夫婦の方はすぐにおさまるが、縄暖簾どうしの方はわかりやせんよ」

「ま、穏やかですむわけがないだろうな」

「へえ。なにせ、平右衛門町の若菜ってえ料理屋で働いていて、姉妹のように仲がよかったってえのが、お互え目の前で同じ商売をすることになったんですからね」

「気が知れねえな。なぜまた、その女達は向い側で張り合う気になったのだえ」

元鳥越町を過ぎ、寿松院の門前町に入る。空巣や掏摸がふえる師走となったが、今日もこの町は夫婦の喧嘩以外、何事も起こらなかったようだ。

「あっしもくわしくは知りやせんがね」

空は晴れているのだが、風が強かった。新旅籠町へ渡る橋の上では晃之助の着流しの裾があおられて、橋を渡りきったところでは小者が軒下へ駆け込んで、砂埃が目に入ったと、丹念に目を手拭いでこすった。

「妹分のお長、昨日、店を開いた方ですが、お長に言わせると、これが約束なんだそうで」

「妙な約束をしたものだな」

「五、六日前、若菜の女将にばったり出会いやしてね。女将もお長には、口が酸っぱくなるほどよせと言ったそうで。たった今、お長の店を見てきたが、いったい何を考えているのだろうと呆れていやしたよ」

「姉貴分の方は、どう思っているのかな。約束を守ってくれて嬉しいと、喜んでいるのかえ」

「まさか。おりつってえ気立てのわるくない女ですがね、喜んじゃあいねえでしょう」

蔵前へ出て、辰吉は、晃之助とは反対の右手へ折れて行った。辰吉の家は、天王橋を渡ったところにある。みごもってから、近所の人達と世間話くらいはするようになったというおぶんが、姉様かぶりにたすきがけで、軒下の煤を払っているかもしれなかった。

料理をまかせている伊与吉は、まだ暖簾を出さぬ店の空樽に腰をおろしている。

昼時には行商人をめあてのめしを出し、思いのほかに売上もあるのでそろそろ店を開けたいのだが、伊与吉は腰を上げそうにない。穂先の抜けそうな筆に墨を含ませて、折れ曲がった金釘のような文字を書いている。明日からの献立を考えているのだった。料理人としての腕はわるくない。わるくないどころか、八百善とか平清とか、名の知れた料理屋の板前となっても充分に通用するだろう。事実、おりつの縄暖簾へくる前には今戸の金波楼で働いていた。ただ、男振りがよいために女の噂が絶えず、たちのわるい男の女房だった女の誘いに負け、得体の知れぬ男が店のまわりをうろつくようになった。女の亭主に脅されてむりな借金をしたらしく、そんなことが原因で暇を出されたという。身持ちさえかたければ今頃は金波楼の板前となっていて、浅草界隈を肩で風を切って歩いていたにちがいない。

今は心を入れ替えた——と、伊与吉の女房となった女は言う。おふきといって、父親に手を引かれて江戸へ出てきたおりつが最初に住んだ長屋の、隣りにいた娘だった。おりつより一つ年上で、おりつが十二で東両国の料理屋へ子守奉公に出る前に、その長屋から引っ越して行った。夜逃げをしたという噂があったが、ほんとうかどうか、おりつは知らない。おふきに再会したのは、おりつが若菜の女中となってからだった。

荷車の後押しをしたり引越の手伝いをしたりして、ほそぼそと暮らしていた父親はおりつが十四の年に他界、それを機にというわけでもないのだが、子守だったおりつは、東両国の料理屋で女中となった。が、客を上げる座敷ばかり広げて、雑な料理を出す店に嫌気がさし、つてを頼って平右衛門町の若菜に移ることをきめた。おふきとは、若菜の女将に会って帰る途中の柳橋で出会ったのである。

その時のおふきは、確か、小売りの米屋の女中だった。痩せて、青白い顔をしていて、声をかけられなければ、おふきであるとはわからなかった。夏でもあり、涼しい川風に吹かれて半刻近くも話し込んだだろうか、話した内容のほとんどは忘れてしまったけれど、おふきも両親に死に別れてしまったということと、板前の修業をしているいい人がいると、嬉しそうな顔をしたことだけは覚えている。お互いの居所を教えあって、それでも今日まで足かけ六年の間に会ったのは、五回、いや四回あるだろうか。

お長は、おりつが働きはじめて半年後に若菜の女中となった。店がいそがしくなる師走のことで、はじめは臨時雇いということだった。

当時のおりつは明けて十七、二十を過ぎた女中ばかりの若菜に、明けて十六だというお長が入ってくれたのは、話の合う友達がきてくれたようなものだった。山ほど重ねられた塗物の膳や器も、お長と話をしながら拭いていると、いつのまにか片付いていたし、足が冷えて眠れなかった冬の夜も、お長と夜具を頭からかぶって先輩達の悪口を言っているうちに暖まってきた。よく働く子だからと、若菜の女将がお長を本雇いにするときめた時は、当のお長より、おりつの方が嬉しかったかもしれない。

二人とも、いつかお店を持とうね。

どちらからともなくそう言い出して、指切りをしたのはいつの頃だったか。

「でもさ、一人が山谷（さんや）の方で、一人が高輪（たかなわ）の方だなんてのはいやだよ。会えなくなっちまうもの」

覚えている。そう言い出したのは、おりつの方だった。当然だというように、お長もすぐにうなずいて言った。

「近所どうしになろうね。きっとだよ」

だが、道を隔てた真向いに、店の造りまでよく似た縄暖簾を出せと言った覚えはない。

「女将さん」

伊与吉に呼ばれて、おりつはふりかえった。小上がりの座敷に腰をかけていたつもりだったが、気がつくと、出入口の腰高障子を開けて、向いの店を眺めていた。

自分の名をもじったのか、蝶（ちょう）やと名づけられたその店の障子には、二匹の蝶々が描かれている。子供じみていると、おりつはひそかに嗤（わら）っていたのだが、一昨日（おととい）の店開きでは、可愛(かわい)らしいお長の顔が頭に浮かんでくるようだと好評だった。その夜、おりつの店にきた客の一人などは、「どうして、ふくべなんてえ名前をつけたのだえ。障子の瓢箪(ひょうたん)の絵もありふれているし、その辺からもう負けてるぜ」と言った。他の客達も、「蝶やはうまい酒を飲ませる」と口々に言っていて、あれはお祝いにわたしが持って行ってやったもの、顔に似合わず大酒飲みのお長に酒のよしあしはわからないと、おりつは幾度言いかけたかわからない。

「こんなものでいかがでしょうかね」

と、伊与吉が言って、おりつは伊与吉が書いた献立を持たされた。

「ひややっこで二合飲んでゆく客もいねえわけじゃねえが、出すものがうまけりゃあ、客もこっちにきてくれると思いやして」

「料理は、伊与さんにまかせるよ」

「でも、ちっとばかり値が高くなりやす」

「そうだねえ」

おりつは簪(かんざし)を抜いて、髷(まげ)のあたりをかいた。年齢(とし)より老(ふ)けて見えるからよせと、伊与吉に言われたばかりの癖だった。

「うちの看板は、伊与さんだものね。金波楼なみの料理が食べられるとなりゃ、うちのお客だって、奮発する気になるかもしれない。できるのなら、今日からでもこれでゆこうかね」

「有難うございます。実は、そのつもりで仕入れてきたんで」

伊与吉は、嬉しそうな顔をした。

去年の秋、おりつが店を出す準備をしていると、おふきはどこで聞いたのか、朝早く若菜をたずねてきた。おふきは事情があって米屋から暇をとり、風車などのおもちゃをつくる内職や、糊（のり）を煮て売ったりして暮らしていると言った。楽な暮らしではないようだった。が、おふきが言うには、そこへ金波楼を追い出された伊与吉がころがり込んできたというのである。が、米屋をやめた事情については、ついに触れなかった。ことによると、仕事があれば品川へでも板橋へでも行きかねない伊与吉にいつでもついて行けるよう、暇をとったのかもしれない。

伊与吉は金波楼で焼き方までつとめたという。そんな男が一から出直すと覚悟をきめ、おりつの縄暖簾で働きたいと言っているのである。おりつにとっても渡りに舟の話だった。しかも、おふきが、やはり朝早く連れてきた伊与吉は、酒も煙草（たばこ）も断っていた。おりつが想像していた以上の堅い男になっていたのだった。

おりつは、明日からでもきてもらいたいと言った。金波楼で焼き方までつとめた者の知恵を借りたかったし、おりつのあとを追って店を出すと公言し、口実を設けてはおりつの店のようすを見にくるお長が、伊与吉を自分の店の板前にしようと画策するかもしれなかった。

伊与吉は、これでおふきに苦労をかけずにすむ、この恩は一生忘れないと礼を言った。恩だなんて――とてれながら、おりつは、涙を浮かべながら伊与吉を見つめているおふきを、少々妬ましい気持で眺めたものだ。

が、八百善に次ぐ料理屋と評判の金波楼で、焼き方をつとめていた男が庖丁を握るときまったのである。お長には用心していたつもりのおりつだったが、話さずにはいられなかった。繁昌はきまったようなものだと自慢をしたくもあった。

「よかったね」と、お長は言った。「そんな人がいたのなら、わたしが雇いたかったのに」とは、一度も言わなかった。

それからまもなく、おりつは、給金やら祝儀やらを懸命にためた金に若菜の女将から借りたものを足して、元鳥越町に店を出した。町のほぼ真中を通る道の西側で、西陽の射すのが気になったが、仕入れてきたものを置く調理場に陽の射さない方がいいという伊与吉の意見を入れ、きめたのだった。

たちまち、ふくべの料理はうまいと評判になった。浅草寺周辺の茶屋や縄暖簾で昼飯を食べ、夜は酒を飲んでいたという人達が、元鳥越町まで足をのばしてくれるようになり、ふくべに客をとられたと嘆く店はあっても、ふくべの客がほかの店へ行くことはなかった。安い料理でも決して手をぬかぬ伊与吉が、まれに採算を無視して凝った料理をつくってしまうことをのぞけば、すべてが順調だった。

そんな時に、お長が真向いに店を出したのである。確かに、店を持っても近所どうしになろうと約束はした。若菜をやめる時に、早くお長ちゃんも店を持てるようにおなりとも言った。が、それは、金遣いのあらいお長になど、自分の店の出せるわけがないという余裕があったからこそ言えたことかもしれないのである。

場所を聞いた若菜の女将は、ふくべの真前だなんて冗談じゃないと叱ったという。お長は女将の叱言など聞き流して空店を借り、ふくべとよく似た造りに直してもらって、出入口の障子に大きな蝶々を描いた。店開きの挨拶に若菜へ行った時、それがおりつとの約束だと、お長は笑って言ったそうだ。

ふくべへは、蝶やの体裁がほぼ整った時に挨拶にきた。「約束は守ったよ。これからも仲よくしようね」という挨拶だった。「何を考えているの」とも、ましてや「ふざけないでおくれ」とも言えなかった。おりつは、「お前がよくお金をためられたねえ」と精いっぱいの皮肉を言って、店開きには樽入りの酒をおくった。店先に飾ってくれるどころか、すぐに蓋を開け、客に売ったことはお長自身が言いにきた。我慢できないのは、客の反応だった。客達は真向いの縄暖簾がおりつの妹分の店だと知ると、「ふくべへの義理だ、賑やかしにちょいと顔を出してやろう」と出かけて行き、そのまま戻ってこなかったのである。

ついこの間まで魚売りだったが、器用に煮たり焼いたりもできるので板前にしたという男に、伊与吉のような料理のできる筈がない。事実、昨日はふくべへ飲みにきた客は、「ろくな食いものはねえよ」と言って笑った。あれなら酒と干物を買って帰って、手前で焼いて飲むとその客は言っていたが、そのかわり、酒も肴も安いらしい。昨日も蝶やへ行った客は、安あがりなこととお長の客あしらいが気に入ったのだろう。若菜の女中達から「お長し（お調子）者」とあだなをつけられるほど、お長は陽気で愛想がよかった。

「女将さん、そろそろ店を開けやせんか。蝶やじゃめしを食う気がしないと言ってなさるお客さんもいなさるんですから」

そうだった。めざしや豆腐の味はどこも同じだと、酔いにまかせてわめいた客もいないではないが、蝶やの肴なら自分で干物を焼いて飲むと言う客もいたのである。

おりつは、出入口の障子を開けた。蝶やは少し前に開けたようで、縄暖簾をかきわけて入って行く行商人の姿が見えた。

おふきがたずねてきたのは、大晦日のことだった。

神社や寺院では年の市の売れ残りを捨値で売り払う市がたち、捨市と呼ばれるそこで七五三縄や橙などを買い、正月の支度をする人達も少くなかった。除夜の鐘が鳴る頃には、初詣での善男善女が諸方から浅草寺へ集まってくる。その人達をめあての露店も出て、大晦日の夜は人通りの絶えることがなかった。

蝶やからは酔って騒いでいる男達の声がまだ聞えていたが、ふくべは除夜の鐘を聞いてまもなく店を閉め、伊与吉は、去年と同じように店と調理場をきれいに片付けてくれた。伊与吉も蝶やの騒ぎが気になっていたのだろう、早く帰れと言ったのだが、「今年は、客のことで女将さんにご心配をかけないようにしやすから」と言って、去年のげんなおしだという酒をおりつに飲ませ、自分も飲んで行った。

おふきが裏口の戸を叩いたのはその直後だった。おりつは、おふきが迎えにきたのだと思い、伊与吉が抜けて行ったにちがいない路地を指さして、駆けて行けば追いつくと言ったのだが、おふきはかぶりを振った。

「ちょっと入らせてもらってもいい？」

「わたしはかまわないけど、おふきちゃんが留守だと、伊与さんがびっくりするんじゃないかえ」

「大丈夫。今朝、留守だったら捨市へ行ったと思ってくれと言っておいたから」

「そう――」

除夜の鐘が鳴って、年があらたまったあとの客がおふきでは、伊与吉とのげんなおしも効き目がなかったのかと思ったが、おりつは、小上がりの座敷を指さして、自分が飲むつもりだった酒と、肴がわりにおせちをはこんだ。

おふきは、猪口（ちょこ）をとるのをなぜかためらっていたが、「ここで酔っ払っちまおう」と独り言のように言った。げんなおしの効き目がありますように、おふきが酔わなければ言えないことは伊与吉との仲違（なかたが）いのようなことでありますようにと、おりつはひそかに祈った。

が、おふきは、「やきもちをやいていると思わないでおくれよ」と、まず言った。

「断っておくけど、わたしゃうちの人を信じているから」

「だったらなぜ、そんなことを言うのさ」

「うちの人を返してもらいたいから」

おふきは、おりつがついでやった酒を一息に飲み干した。

「これも断っておくけど、うちの人は愚痴(ぐち)をこぼすような男じゃないよ。ふくべで何があったなんて、喋(しゃべ)ったことは一度もない。でもね、そんな男が、この師走(しわす)のことは逐一わたしに打ち明けてね、客がへったのは俺のせいだ、どうしようと、そればかり言っていた。そう言われても、わたしゃ頼りにならない女房で、いい知恵を貸してやることができなかったんだけど」

「もう気にするなって、伊与さんに言ってやっておくれよ」

「でもさ。少々値が張ってもうまい料理を出した方がいいと言ったのは、うちの人だろ?」

おりつは口を閉じた。

値が張ってもよい料理をという伊与吉のもくろみは、見事にはずれた。正月には女房や子供に古着の一枚も買ってやりたいと考えている行商人達が、「ただでさえ金の出て行く時に」と、ふくべを敬遠したのである。蝶やの食いものなら自分で干物を焼くと言っていた男も、ふくべの夕飯を楽しみに働いていた独り者も、月に一度や二度の贅沢(ぜいたく)はしてもいいがと、間をあけてくるようになった。伊与吉は自分の失敗を認め、十日ほど前から安い材料を買い、すぐに飲んで食べたい客のために、手のかからぬ料理をつくっている。

「それで、お客が戻ってきたんだろ？」

「お蔭様で」

「やっぱりね」

と、おふきは言った。

「うちの人が、俺のせいだ、どうしようと言わなくなったもの」

おりつは、ふたたび口を閉じた。

「おりっちゃんは満足だろ？」

「そりゃね」

おりつは、用心深く口を開いた。

「お客がこないより、きてくれた方がいい」

「おりっちゃんも変わったね。昔は、雑な食べものを出す東両国の料理屋がいやでいやで、我慢できなくなって飛び出したって言ってたじゃないか」

「うちは雑な料理を出しちゃいないよ。安くしたんだから、その分いい加減でいいなんて言ったら伊与さんが……」

と言いながら、おりつは、安い材料で黙々と料理をつくっている伊与吉の姿を思い浮かべた。

伊与吉は、安い材料でどれだけうまいものができるか、自分の腕をためしてみるい い機会だと言った。また、そんな工夫をすることが性(しょう)に合っていたのか、嬉(うれ)しそうに とおりつには見えた笑顔で、金釘流(かなくぎりゅう)の献立を書いてくれた。

ふくべの料理が安くてうまくなったという噂(うわさ)は、瞬(また)く間(ま)にひろがった。ここ五日ほ どは、まだ飲んでいる客のうしろに立って待っている客もいたほどで、おりつは、伊 与吉の笑顔は心底からのものと思って、疑いもしなかった。

が、この案配(あんばい)ならば、時々仕入れ値より高い料理をつくっても大丈夫だと笑ったお りつに、伊与吉はかぶりを振った。蝶やとの兼合いもあり、採算を無視してもいいの なら、時折値を下げた方がいいと言うのである。もっともだと思ったが、今考えてみ ればそれは、思うような材料で思うように腕をふるうことができないということでも ある。伊与吉の中には、不満がたまっているかもしれなかった。

「おりっちゃんだって、そう思うだろ?　まして、女房のわたしが、さ」

おふきは、『女房』という言葉に力を入れた。

「亭主の伊与吉を、存分に腕をふるえるところで働かせてやりたいと思うのは当り前 じゃないか」

『亭主』という言葉にも力が入っていた。

「いい働き口が見つかったのかえ。伊与さんに」

「ごめんよ」

おふきは、おりつがそこにあることすら忘れていたちろりへ手をのばした。猪口に酒をつぎ、一息で空にして、もう一度猪口を満たしてそれも空にした。

「ごめんよ、おりっちゃん。行きどころのなかったうちの人を雇ってくれたおりっちゃんは、うちの人に言われるまでもなく、わたし達の恩人だよ」

「とんでもない。お互い様だよ、それは。伊与さんにきてもらって、うちも助かったんだもの」

「そう言ってもらえれば、わたしも気が楽になる。実はね、金波楼の女将さんに頼んで、うちの人の働き口を見つけてもらったんだ」

おふきは、芝神明宮の門前町にある、多少名の知れた料理屋の名を口にした。

「金波楼の女将さんのお墨付なら、いつきてくれてもいいと言ってもらったんだよ」

おりつは黙っていた。

「でも、わたしゃ伊与吉に殴られたよ。よけいなことをするなって」

「ごめんよ」

詫びの言葉が口をついて出たが、おふきは、おりつの唇を塞ぐように手をのばした。

「おりっちゃんにあやまられたら、その先が言えなくなっちまうじゃないか。わたしゃ、おりっちゃんの方から伊与吉に暇を出してやってくれと頼みにきたんだよ」

おふきの手が、またちろりにのびた。

「恩知らずな頼みだとは、わかってる。おりっちゃんがふいに、伊与さんとはこれまでだよなんて言い出せば、わたしの差金だと、伊与吉はすぐに気がつくよ。それもわかっているんだよ」

ふっと、妙な疑いがおりつの頭に浮かんだ。仮に——仮に、おりつが暇を出すと言ったとして、それはおふきの差金と気づいている伊与吉が、黙ってふくべを出て行くだろうか。おりつの胸のうちを読んだように、おふきがかぶりを振った。

「下手をすりゃ、伊与吉はわたしを叩き出しても、ふくべで働こうとするかもしれない」

「そんな。女遊びのすさまじかった頃から、ずっと伊与さんのめんどうをみていたのは、おふきちゃんじゃないか」

「わたしもそう思っているんだけどね」

おふきは、また猪口に酒をついで一息に飲み干した。

「そういうことは、恩にならないようだよ」

悪酔いしそうだと言って、おふきは猪口を盆に伏せた。そろそろ帰ると言う。土間に降りて、ちょっとためらってから、小上がりに坐ったままのおりつをふりかえった。

「ね、頼むよ、そういうことだから」

何が、そういうことなのだと思った。おりつはうなずきもせず、かぶりを振りもせず、おふきがほとんど空にしたちろりを眺めていた。伊与吉は毎日ふくべにきているが、根っこはおふきと住んでいる家にあるのだと、それまで浮かんだこともない考えが脳裡をよぎっていった。

眠れぬうちに年が明けた。

おりつは、明け六つの鐘が鳴る前に湯屋へ行った。湯槽の水を入れ替えて、ちょうどいい湯加減になった頃だと言う女中に心附を渡し、湯屋にも懐紙にくるんでおひねりにした湯銭と年玉を置いた。芯まで冷えきった軀を湯槽に沈め、女中から「網ですくいに行こうかと思った」と軽口を叩かれるほどの長湯をして、福茶をふるまわれて店に戻った。

一睡もせずに長湯をした軀は、疲れきっていた。若水を汲む気にも、雑煮を祝う気にもなれなかったが、伊与吉に暇を出すかもしれない今年こそ、よい年となるよう初日の出に祈っておかねばならない。ふくべの料理は安くてうまいという評判を落とさぬためには、伊与吉と同じくらいの腕前で、工夫の好きな板前を見つけ出さねばならないのである。が、いくら江戸は広いとはいえ、それほどの男が何人もいるわけがない。砂浜で落とした小粒を探し当てるようなもので、幸運を願うほかはないのだ。

だるい腕で手桶をさげ、隣りにある井戸へ行こうとすると、向いの戸が開いた。起きたばかりらしいお長が、櫛で髪を撫でつけながらあらわれて、屋根の上までのぼってきた初日へ両手を合わせた。

「お長ちゃん、おめでとうございます」

約束だとはいうものの、同じ町内の真向いに、しかも同じ縄暖簾をお長が出しさえしなければ、伊与吉が安い材料ばかりを買うこともなく、それを可哀そうだとおふきが思うこともなかったのだ。伊与吉は時々、採算を度外視して好きな料理をつくり、おりつを苦笑いさせながら、ずっとふくべで働いていたにちがいないのである。それなのに今年の幸運を、お長に先に祈られてはたまらない。

「今年もよろしくお願い申しますね」

「あら、いやだ。おりつ姉さんとこは、昨日の大晦日まで大賑わいだったじゃありませんか。うちも、はじめはよかったんだけど。——今年は、おてやわらかにお願いします」

「こちらこそ」

「ご近所どうしなんだもの、うちのお客が減った時は助け舟を出しておくんなさいな。それが約束じゃないの」

うちのお客が蝶やへ通っている時は、何の挨拶もなかったじゃないかと思ったが、表情には出さず、おりつは日の出に向って手を合わせた。

「うちも、いろいろ大変なの。今年はいいことがあるよう、若水を汲む前だけど、お天道様に祈っておこ」

いい板さんを、いえ、わたしが頼りつづけていられる人をと願ってお長を見ると、まだ手を合わせていた。願い事は、おりつの方が一瞬早く初日の出へ届いたようだった。

だが、最悪の年のはじめになった。話があると、伊与吉が頰をこわばらせて言い出したのである。正月二日から店を開け、その日から暮に劣らぬ繁昌をつづけて十日あまり、十四日年越の夜のことだった。門松は七日の風にあてるなといわれ、六日の夜にとりはずすが、家の中の輪飾りはこの夜にはずす。翌る十五日は小正月で、大きな台をはさんで空樽に腰をかけると、獅子舞の太鼓が聞えてきた。

話の内容は、聞かなくてもわかっていた。おふきが、ふくべをやめる気配のない伊与吉に苛立って、暇を出してやってくれとおりつに頼んだことを打ち明けたにちがいなかった。

「正月早々、また女房を殴ってしまいやしたよ」

と、伊与吉は、苦笑いというには寂し過ぎる笑いを口許に浮かべた。

「昔のことを考えりゃ、女房には手をあげるどころか、頭も上げられねえんですがね。でも、芝の料理屋の話はきちんと断っておけと言ったのに、きっと行くからもう少し待ってくれと頼んでいたんで」

二日前の夜、料理屋の使いが伊与吉の帰りを待っていて、おふきがまったく反対の返事を持って行ったことがわかったのだという。

「おふきの奴は、大晦日にこちらへ伺ったそうで。よけいなことも言ったでしょうが、忘れてやっておくんなさい」

「とうに忘れているよ」

「有難うございやす」

それで伊与吉はどうするのかと尋ねたかった。が、俺はふくべで働くつもりだとおふきを殴ったのであれば、話があるなどと言い出す筈がない。黙っていると、伊与吉の方から「実は――」と切り出した。

「江戸から離れようかと思っておりますんで」

「何だって」

甲高い声は、自分の声だった。

「どうしてだよ。どうして江戸から出て行くんだよ」

「どうしてってえこともねえんですが」

めずらしく伊与吉は言葉を濁した。もしやと思い、探るような目を向けると、伊与吉は、台に肘をついた手で額をこすった。小上がりの座敷にある行燈の明りを遮ったように思えた。

「嘘はよしておくれよ」

と、おりつは言った。

「おふきちゃんが約束しちまった手前、どうしても芝へ行かなくっちゃならないというのなら、正直にそう言ってくれるがいいじゃないか。嘘をついて暇をとるなんざ、わたしゃいやだよ」

「とんでもねえ。俺あ、女将さんにゃ嘘はつけねえ」

「だったら、正直に教えておくれよ。江戸を離れてどこへ行くんだえ」

獅子舞の太鼓の音が聞えた。その音が大きくなってもまだ、伊与吉は口を開かなかった。

「ほら、ご覧な。下手な嘘をつくから、何も言えやしないんだ」

「ちがいやすって」

伊与吉は、額から手をはずしておりつを見た。

「ふくべの板前は見つけやした。ご心配なくと言いてえんですが、こいつがちょいと気が弱くって」

「いやだよ。わたしゃ、伊与さんがいなくなるんなら、店を閉めちまうよ」

「そんな、女将さんらしくもねえ。ちゃんと、心配のねえようにして行きやすから」

「いやだよ。芝へ行かないのなら、うちにいてくれたっていいじゃないか」

「それは、おふきが承知してくれねえ」

おりつは伊与吉を見た。思わず口にしてしまったことだったのか、伊与吉は、苦笑いをして横を向いた。

おりつは、意味もなく立ち上がりかけて、また腰をおろした。伊与吉がふくべで働きつづけることをおふきが承知しないのは、おふきがそうせずにはいられないような態度を伊与吉が見せたからではないのか。

　獅子舞が店の前を通って行くのだろう。大きくなった太鼓の音が息苦しかった。伊与吉が見つめているように思えて、おりつは両手で顔をおおいたいのを我慢して、口許まで持ってきた手をこすりあわせたが、その指先が震えていた。おりつ自身も気づかなかった胸のうちを、おふきに抉り出されたような気がした。が、伊与吉は横を向いたまま、低い声で言った。

「笑ってやっておくんなさい。ばかな女の、ばかばかしいやきもちですよ」

　そうだねと言って笑おうとしたが、声が出なかった。

「それよりも、女将さん、向いの店が新しく板前を雇ったってえ話をご存じですかえ」

「いえ、知らないよ」

　お終いの方だけが、かろうじて声になった。

「先刻、ふくべの板前は見つけたとお話しやしたが、そいつ——文太ってえんですが、この男が教えてくれやしたよ。人のことを言えた義理じゃねえが、賭場で借金をつくって薬研堀の川口屋から追い出された男を、蝶やの女将さんは雇いなすったそうで」

　薬研堀の川口屋で働いていた男なら、庖丁を握る腕前は確かだろう。一時、安上がりな方がよいと蝶やへ流れて行った客は、多少のちがいならうまい方がよいと、ふくべへ戻ってきた。値段の安さだけでは客は呼べぬと知ったお長は、男の素行に目をつむって雇うことにしたのかもしれなかった。

「女将さんは、その、何だ、蝶やの女将さんに恨まれる覚えなんざねえんでしょう？」

「あるわけがないじゃないか。若菜ではずっと仲よしで、わざわざうちの向いに店を出したのはあっちだよ。わたしの方が恨みたいくらいだ」

何があったのだと尋ねると、伊与吉は、しばらくためらっていたが、蝶やに雇われた男は、文太の兄弟子に当るのだと言った。

「吾助ってえんですがね。五年ほど早く川口屋で働いていたそうで、気の弱い文太は、だいぶ、いじめられたらしい。で、川口屋をやめた今でも、文太は吾助をこわがっているんで」

ところが、偶然吾助に出会い、吾助は、蝶やという縄暖簾に雇われたと文太に言った。しかも、蝶やの女将の恨みを俺が晴らしてやるのだと笑ったというのである。伊与吉が文太をたずねて行ったのは、その数日後のことだった。文太は働き口を探しているところだったが、ふくべという名前を聞くと、いざこざに巻き込まれそうだからいやだと尻込みしたという。

「それで、女将さんが何か恨みを買っていなさるのかと思ったもので。すみません」

「そんなことはどうでもいいけれど。でも、だから伊与さんがいてくれれば……」

「いえ、その辺のことは大丈夫で。文太も、いいところで働かせてもらえそうだと喜んでいやす。何度も言いやすが、腕前は間違えありやせん。ただ、気が弱えから、兄貴分にいじめられるとその料理屋から逃げ出しちまうんで。なあに、おだててやりゃいいんです。こんなもので、こんなにうまいものをつくってくれるのかえと、驚いたような顔をしておくんなされば、いくらでもうまいものをつくってくれまさ」

おりつは黙っていた。おふきがやきもちをやいて困る、仕方がないので、ふくべの仕事は文太という男に引き継ぎたいのだがと、なぜもっと早く相談してくれなかったのかと思った。

「文太がくるのは、四、五日先のことになると思いやす。それまでは、これまで通りにやらせてもれえてえのですが」

「いやって言ったらどうするんだよ、ばかやろう」

おりつは涙声でわめいて、住まいにしている二階へ駆け上がった。あまり取り乱しては、明日、伊与吉にどんな顔をして会えばよいのかわからなくなると思ったが、涙はとまらなかった。

おりつは、声を放って泣いた。伊与吉は表口に心張棒をおろし、裏口から出て行ったようだった。

甚内橋を渡って元鳥越町へ入った時、人の騒ぐような声が聞えたような気がした。晃之助は、市中見廻りの早足をさらに早めた。

鳥越明神社の前までくると、数人と思える男達の罵声や瀬戸物のこわれる音が、はっきりと聞えた。縄暖簾が二軒、向いあっている道からで、自身番屋の書役が血相を変えて飛び出してきた。

「助かりました、旦那。大変なんです」

辰吉を呼びに行くつもりだったらしい書役は、晃之助に気づいて駆けてきた。

「蝶やが、ならず者らしい奴等にめちゃくちゃにされています。当番の差配さん達じゃ手がつけられないんで」

晃之助は、供の小者に辰吉を呼んでくるように言いつけて、書役が飛び出してきた道へ入った。通行人と近所の人達とで人垣ができていた。鍋や薬罐が投げ出されているのか、金物の転がる音が響き、「いい加減にしておくれよ」という女の叫び声と、「勘弁してくれ、金なら返す」という、これは悲鳴と言ってもいい男の声が聞えた。晃之助は、十手(じって)を振りまわしながら人垣の前に出た。割れた茶碗(ちゃわん)を踏むところだった。

すさまじい荒らされようだった。茶碗や皿、小鉢は言うに及ばず、しゃもじ、まないた、鍋(なべ)、釜(かま)、腰掛けがわりの空樽にいたるまで店の外に放り出され、掛行燈(かけあんどん)まではずされている。「金なら返す」と道の真中で悲鳴をあげているのは、蝶やが新しく雇い入れた吾助という板前だった。賭場の借金をきれいにしていないので、見つかれば騒ぎが起こるかもしれないと辰吉が心配していたが、蝶やへきた早々に探し出されてしまったのかもしれなかった。

「きたぞ」

吾助の腕を捻(ね)じ上げていたならず者が、大声で叫んで逃げ出した。店の中にいたらしい二人も、晃之助が駆けつけるのを予期していたように、裏口から路地づたいに逃げて行った。晃之助は、腰でも蹴(け)られたのか、立ち上がれぬらしい吾助を助け起こしてやるつもりで近づいて行った。

「いえ、大丈夫で」

吾助は、蹲(うずくま)ったままあとじさった。

「何でもないんで。ええ、わるふざけが過ぎただけで」

賭場に出入りしていたことを知られたくないようだった。が、放っておくわけにはゆかない。店の中へ入ると、小上がりにうつぶせていた女が立ち上がった。

「旦那、あいつの差金ですよ」

女は晃之助を店の外へ押し出して、向いの店の軒下を指さした。ほっそりと背の高い女が、呆然(ぼうぜん)と立っていた。ふくべのおりつだった。

「ええ、あの女が言いつけたんです。旦那。あいつ等は、確かに賭場の借金を返せと言っていたけど、吾助さんはまだ踏み倒したわけじゃない。それに、どうしてこんなに早く吾助さんの居所が知れちまったんですか」

蝶やの女将、お長は、軀(からだ)を震わせておりつを見据えた。店のものをこわされまいとしたのだろう、片袖(かたそで)はちぎれ、むきだしとなった二の腕にも、転んだのかもしれない頬にも大きな擦り傷があって、血がにじんでいる。晃之助は、お長を店の中へ戻した。

「わたしのことは放っといて下さいましよ。あの女が、あの女がやらせたにちがいないんですから」

「わかったよ」

「そうおっしゃるなら、早くお縄にしておくんなさいまし。わたしゃ、この通り、怪我(けが)もしているんですよ」

「わかったから、その座敷にでも坐りねえ」

「いやです。旦那がぐずぐずなさるなら、わたしがおりつをしょっ引いてくる」

晃之助の手をふりはらったお長が、そこから動かなくなった。おりつが店の中へ入ってきたのだった。

「あの」

おりつは、遠慮がちに晃之助へ言った。取り調べは、怪我の手当のあとにしてもらえないかというのだった。

「いけしゃあしゃあと」

お長が、吐き捨てるように言った。

「あいつ等をけしかけておきながら」

おりつは怪訝な顔をしたが、お長は容赦しなかった。

「白々しい顔をしたって、ちゃんとわかっているんですよ。今、旦那におりつ姉さんをお縄にして下さいましと、お頼み申していたんだ」

「何を言ってるんだよ」

「わたしゃ、前からむかむかしていたんだよ。会えなくなるのはいやだ、ご近所どうしになろうと体裁のいいことを言っておきながら、お前は黙ってお金をためていて、さっさと店を出しちまう。お金をためていないわたしが、お店を持てるわけがないとわかっていたのに、一緒にやらないかとも言ってくれなかった」

「そんな。すぐにわたしもお店を出すと言うから、待っていたのに」

「嘘(うそ)。待っていたなんて、大嘘だよ」

お長の頬は赤くなり、おりつの顔は青ざめた。晃之助は、二人の視野からはずれるよう、そっと小上がりに腰をおろした。

「わたしゃ、意地になってお金をためましたよ。ええ、お客と寝るなんて、人には言えないこともした。うまい具合にふくべの前に空店があって、そこを借りたけど、姉さんは、ご近所になれたと喜んでくれるどころか、迷惑そうな顔をしたじゃないか。いいえ、したんだよ、目障(めざわ)りだって顔を」

「そりゃ真前(まんまえ)に似たような店を出されれば……」

「うちが値の安い店にするとわかれば、店開きに高いお酒をくれて、うちにお客をとられたと思えば、伊与さんほどの人に安い料理をつくらせて。ずいぶん、いじわるをしておくんなさいましたよね、ご近所どうしになろうなんて体裁のいいことを言っておきながら」

おりつは口を閉じた、すべて、思い当ることがあるようだった。

「あげくのはてが、あんな奴等を寄越してさ」

「冗談じゃない。わたしは何にも知りませんよ」

「嘘ばっかり。ここからわたしを追い出したいくせに」

「知らないったら」

「白々しい。わたしにゃちゃんとわかっているんだから」

「わかっているって、証拠でもあるのかえ」

「ある」

と、お長は言った。

戸がはずされている裏口から辰吉が入ってきたが、言い争いに夢中になっている二人は気づかなかったようだった。辰吉は、晃之助の耳許で、「伊与吉が番屋にきやした」と言った。ならず者をけしかけたのは、自分だと自訴してきたのだという。伊与吉は、文太から蝶やのたくらみを打ち明けられたらしい。文太は吾助に、一役買えと脅されていたようだった。伊与吉は金波楼にいた頃に女のことで揉めた男をたずね、文太から聞いた蝶やのたくらみと、それに対する自分のたくらみを話すと、面白いと言ってひきうけてくれたのだそうだ。

「証拠があるって、いったいどんなのさ。ここへ出してご覧よ」

「目の前にあるじゃないか」

お長は胸を叩いた。

「わたしは、いつかおりつ姉さんの店をこわしてやろうと思ってた。吾助さんに頼んで、吾助さんが知っているというならず者に、姉さんのうちを目茶苦茶にしてもらう筈だったんだよ。だから、今日の奴等が、吾助さんの借金をとりにきた男であるわけがない。わたしが考えつくことを、姉さんが考えないわけがないんだから」

小上がりの畳には騒ぎの名残りの砂埃が舞い落ちていて、晃之助は羽織の裾を払い、ざらつく手を手拭いで拭きながら立ち上がった。

「お長さんといったっけか、もう一回、いや、もう二、三回、どこかで除夜の鐘を聞かせてもらった方がよさそうだぜ。お前さんには、人より五割増しくらいの煩悩がありそうだ」

勝手におりつを恨み、おりつの店をこわそうとしていたのを伊与吉に気づかれて、先手を打たれてしまったのは自業自得というほかはない。その伊与吉は自訴してきて、今、神妙に番屋の隅に坐っているという。辰吉の話では、風呂敷包をかかえた女房らしい女が、半鐘の梯子の陰に隠れるようにして立っているそうだ。

晃之助は、蝶やの外へ出た。書役が瀬戸物のかけらを掃き集めていた。足をとめたが、おりつの出てくる気配はない。

そっとしておくことにするかと思った。番屋の中には、おりつのために蝶やをならず者に襲わせた男がいて、番屋の外には、その亭主に着替えを渡そうとしている女房がいるのである。

三千代と皐月の姿が、重なりあうようにして目の前を通り過ぎた。

伊与吉は、おそらく江戸払いになる。料理人としてはかなりの腕の持主だそうだから、川崎か小田原あたりで働けるだろう。女房は、伊与吉について行く。恋しいおりつのために江戸を離れる伊与吉は、そんな女房が愛しくてならない――。

「もう、こうなったら関東中の神社と寺院が、もう一度除夜の鐘を二百十六くらいずつ鳴らしゃいいんだ」

「え？」

うしろにいた辰吉が、不思議そうな顔をした。

今は昔

長崎の出島には、オランダ商館が置かれている。日本の掟は鎖国だが、オランダと清国には出島という窓が、小さなものではあるけれども開けられていて、交易をしているのである。日本はオランダから砂糖や毛織物を買い求め、オランダは日本の銀、銅を買いつけているそうだ。

オランダ商館長は、毎年三月はじめ頃に参府する。江戸参府は、出島に閉じ込められている商館長にとっても、日本という国を眺めるまたとない機会であるようだが、日本人には、わずかながらでも異国の風物に触れられる得がたい機会であった。

根岸から日本橋通へ向う間、妙に人出が多いと思っていたが、三々五々、家へ戻ってくる人々の話を聞くともなしに聞いて納得した。オランダ商館長参府の行列が通ったのだった。髪が赤いとか、光るものを着物につけていたとか、すれちがった若い二人の男は、はじめて目にしたらしい異人の姿を、興奮した口ぶりで話していた。長崎から江戸への長い旅である。日本各地の風物が商館長の目を楽しませる以上に、商館長の衣服や風貌が、各地で日本人の目を見張らせているのだろう。この行列が江戸歳時の一つであることは間違いない。

「見たかったな」

と、慶次郎は、若者をふりかえって呟いた。二人は、慶次郎がふりかえって見ていることにも気づかずに、異人の衣服が着てみたい、いや窮屈そうでみっともないと言い争いをはじめている。

江戸はいい、そう思った。

恵まれ過ぎているくらい恵まれている慶次郎の言うことではないが、江戸では引越の荷車の後押しをしていても、自分一人なら食べてゆける。店賃を三月ためても出て行けと言わない差配もいる。その上、異国を垣間見られるような行列も通るのである。異国の風俗に興奮したあとは、花見が待っている。花は、大商人にも引越の荷車の後押しにも、三分咲の優雅さや満開の華やかさを充分に見せてくれるのである。そんな江戸市中の話を伝え聞いて、周辺の国から大勢の人が出稼ぎにきたり、或いは故郷を捨てて江戸に移り住んだりするのは、やむをえないことなのかもしれなかった。

「痛て」

すぐ横を歩いていた男が、いきなり蹲った。八丁堀へ寄るつもりの、佐内町の横丁であった。

慶次郎の懐には、杜若をかたどった銀簪がある。花ごろものお登世に買い求めたもので、娘の三千代が生きていた頃、その小間物屋の名を口にしていたのを思い出して、平松町まで足をのばしたのだった。杜若は四月の花で、その紋様は、一月早い三月に使われる。が、お登世に簪を渡すところを想像すると、てれくさくなった。お登世が大喜びをするだろうことも、今渡さなければ来年の三月にお登世の髪を飾ることになるだろうこともわかっているのだが、どうしても足が上野へ向かおうとしない。足は、真っ昼間から簪など渡しに行けぬと言うのである。では八千代をあやしながら日暮れを待ち、腹が減ったという口実で花ごろもへ行くことにしてはどうかと頑固な足を宥め、八丁堀へ向っていたところだった。

男には、平松町を通り過ぎるあたりから気がついていた。ただ、手代がすすめるままに杜若の簪を包ませて店を飛び出した時に、男の姿はなかった。店の中は女ばかりだと覚悟はしていたのだが、ちらちらと送られてくる視線の中にいることに耐えに耐え、外へ飛び出したとたん、知り合いに今の姿を見られてはいまいかと思わずあたりを見廻したのでよく覚えている。どこかの路地から出てきたのだろうが、草鞋ばきの旅姿なのと、先刻、慶次郎を追い抜いた時に脇腹を押えたのとが気になった。この時刻から旅に出る筈はないので、江戸へ戻ってきたにちがいないのだが、佐七と同じ年頃らしいのにもかかわらず、連れがいないのである。

「痛、痛た」

男は、やはり脇腹を押えている。自身番屋の当番の手を借りるつもりで、慶次郎は男に駆け寄った。

「うちはどこだ。うちまで連れて行ってやる」

男は、顔をしかめながら手を左右に振った。

「いえ、大丈夫で」

「遠慮をするな。具合がわるくなった時は、お互い様だ」

「大丈夫ですったら」

放っておこうと思ったが、皺の刻まれた男の額には油汗が浮いている。抱き起こそうとしてのばした手を、男がつかんだ。虚空を見据えているような異様な目つきになり、すさまじい力で握りしめてくる。激痛に襲われたようだった。

慶次郎は、大声で通行人を呼びとめた。幾人かが番屋へ走って行き、すぐに戸板を持った番屋の当番が駆けてきた。慶次郎は、懸命に男の指をほどいて戸板にのせた。

庄野玄庵の家へはこんだ方がよさそうだった。

思いがけず、その男が根岸の寮をたずねてきた。五日後のことだった。やはり旅姿で、五日前は持っていなかった笠まで持っている。

「ご浪人さんには、すっかりお世話になりまして」

と男は言って、深々と頭を下げた。

「あの医者への礼金も薬代も、俺の知らない間にご浪人さんが払っておくんなすったとか。寮番をして暮らしてなさるってえのに、ご浪人さんにすっかり迷惑をかけちまって」

一緒に出入口へ出てきた佐七が何か言いかけたのを、慶次郎は袖を引いてとめた。男は慶次郎を、仕官の口がない貧乏浪人だと思っている。玄庵がそう言ったのである。その慶次郎は、男の旅姿が気になっていた。玄庵も気になって、素性を確かめてみろと根岸へ寄越してくれたにちがいない。ここで佐七にもと定町廻り同心だなどとよけいなことを言われては、玄庵の配慮が無になってしまう。

「玄庵先生は、もう少し病間で寝ていなくてはだめだと言いなすったんですが」

と、男は苦笑いをした。

「俺もこの年齢で、寝ている暇がないので、出してもらいました。その時に、ご浪人さんのことを伺ったんで」

「貧乏神を居候させている男だと言っていたかえ」

「いえ」

男はかぶりを振ったが、慶次郎を浪人者だと言った玄庵が、調子にのってあの男は貧乏だ、貧乏神に好かれてこっちも迷惑しているくらいのことを言わぬ筈がない。

男は、横を向いてあごや頰を撫でていた。何げない風をよそおって、慶次郎のようすを眺めているらしい。腹痛をこらえていたにちがいない男に、抜きつ抜かれつして歩いていた慶次郎の姿など目に映ってはいないだろう。貧乏浪人だという玄庵の言葉から想像していた慶次郎が、思いのほかに高価な衣服を身につけているので、首をかしげているのかもしれなかった。

「立て替えてもらったお金は、必ずお返しいたします」

「そうしてくんなと言いてえところだが、その姿を見ると、どこかへ行くところだったのじゃねえかえ」

「いえ、帰るところだったので」

男は、さらりと言った。

「今は、相州藤沢の在で暮らしている作兵衛と申します。相州の暮らしも長くなったが、江戸で生れて江戸で育ちましてね、無性に懐かしくなりました。おまけにこの年齢だ、思いきって出かけないと悔いを残して死ぬことになるってんで出てきたのですが」

柴垣の向うを歩いてくる男の姿が見えた。晃之助と辰吉だった。男が気づかぬうちに二人を隣りの美濃屋の寮にでも入れてしまえと言いたくて、佐七の脇腹を突ついたのだが、それと察してくれるような佐七ではない。

「早く帰らなけりゃいけないんですが。でも、ご浪人さんにだけはもう一度お目にかかって礼を言いたかったし、借りたものをすぐにお返しできない言訳もしたかったんで」

慶次郎は、月代を撫でた手を高く上げた。その手を下へ向かって振ってみせる。不自然な動きではないと思ったのだが、作兵衛は素早くふりかえった。が、それよりも早く、晃之助と辰吉は柴垣の陰に蹲った。作兵衛の視線が、上げた手のやり場に困ってまた月代を撫でている慶次郎に戻った。慶次郎は月代を撫でた手でこめかみを揉んで、ついでに衿首も揉んで首をまわしてみせた。佐七が何も言わずにいてくれたのが有難かった。

「それでは」

と言って、作兵衛はもう一度柴垣をふりかえった。道を行く人の姿はない。晃之助と辰吉は、蹲った姿勢のまま美濃屋の門へ向かっている筈だった。

「お借りした金は、必ず返します。今日、お持ちすりゃあよかったのですが、その、何だ、病み上がりでね、持ち合わせがなかったものだから」

「むりをするなよ」

と、慶次郎は言った。

「いくら貧乏でも、寮番をしているお蔭で食うには困らねえ。旅先でよけいな持ち合わせがねえというのなら、藤沢へ帰ってから送ってくれてもいいんだぜ」

返さなくてもよいという意味をこめて言ったのだが、「とんでもない」と作兵衛はかぶりを振った。

「借金は黄泉路の障りになります。多少の金は工面できますので、二、三日待っておくんなさい」

そう言って、作兵衛は頭を下げた。唇を真一文字に結んで、頑固そうな顔つきになった。下手に口をはさんではまずいとだけは察してくれたのか、めずらしく口を閉じたままの佐七にも挨拶をして、作兵衛は門の外へ出て行った。

あたりを見まわしているが、晃之助と辰吉の姿が彼の目に触れるわけがない。気のせいか、作兵衛は首をかしげて歩き出した。前屈みで歩く佐七より、さらに前屈みの姿勢だった。人混みにまぎれることもできず、箱看板など身を隠すものもない根岸の道は、人を尾けるのに苦労させられるが、辰吉ならうまくやってくれるだろう。

慶次郎は、懐に財布を押し込んだ。作兵衛を尾けて行った辰吉を、尾けて行くつもりだった。

「あれが作次ですか」

庭先から晃之助の声がした。去年の暮から美濃屋も寮番を雇った。先刻、寮番の声が聞えたので、庭へ入った晃之助が、境界に結ってある竹垣を越えさせてもらったのかもしれなかった。

「そうかもしれないが」

と、慶次郎は答えた。作次は、空巣に入って出てきたところを北町の定町廻り同心に捕えられ、江戸払いとなった男だった。

「俺には藤沢在の作兵衛となのった。俺がよけいなことをしちまったので、その金を返すと言い張っている。金を返したい一心で、空巣に入るようなことがあったら、とんだ罪つくりだ」

話しながら表口へ出て、草履を突っかけて飛び出した。

庭づたいに追ってきた晃之助が、門の外で肩をならべた。今日ばかりは無口な佐七が、洒落れてはいるが頑丈とはいえぬ門を閉じて門をかった。

「作次という男は、二十年以上も前に江戸お構いとなったそうですが」

「もう、そんなになるのかなあ。玄庵先生もあいつを怪しいと思ったのなら、嘘をついて根岸なんぞへ寄越さずに……」

あの男が寝ている間に晃之助を呼んで、素性を調べさせればよかったのだと言いかけて気がついた。玄庵は、男が慶次郎の『昔馴染み』かもしれぬと思い、どうするかまかせるつもりで根岸へ寄越したのだろう。

玄庵め、年寄りはみんな俺の昔馴染みだと思っていやあがる。

「それにしても、作次かもしれねえ男が俺とこへきたと、お前はどうして知ったのだ」

「佐々木さんが十日ほど前に旅姿の年寄りに出会い、不審に思って声をかけたのだそうです」

佐々木勇助は晃之助と同役で、年頃も近い。

「その年寄りは、江戸お構いの作次だと正直になのって、いつ地獄からお迎えがきてもおかしくない年齢になった、だから何としても生きているうちに親の墓参りがしたくなって江戸へ入ったと、神妙なことを言ったとか」

「で、見逃してやったというわけか」

が、間違った処置というわけではない。江戸お構い——江戸払いの処分をうけている者も、親の墓参にくることは許される。無論、墓参りをすませたならばすぐに立ち去ることが条件で、そのため、江戸お構いの者達は、いつ定町廻りに出会ってもよいように、旅姿のままで江戸市中を歩いている。見咎められた時に、親の墓参りでたった今江戸へ入ったところだとか、墓参りをすませて江戸を出て行くところだなどと言訳をするのである。同心の方も簡単に騙されはしないのだが、作次という男の場合、五十を三つ四つ過ぎている筈なので、言訳があっさり認められたのだろう。

「それっきり作次の行方はわからなくなったのですが、実は、南の定町廻りの中に、作次という男の顔を知っている者がいないのです」

「俺も知らねえ」

　作次は、こすからいと言えばこすからい盗っ人だった。そのせいもあって、慶次郎は、作次の顔を見たことがない。いや、一度くらいは見ているのかもしれないが、まるで記憶にない。彼は、近所の家にあった百文を懐に入れたとか、継ぎ接ぎだらけのどてらを黙って持ってきて使っていたとか、わずかばかりの盗みを繰返していた男だった。自身番屋へ突き出されたこともあるし、古着をかかえて逃げてくるのを慶次郎の先輩が捕えたこともあったが、そのたびに放免となった。盗まれた方が、何事もなかった、何も盗まれていないと言うのである。番屋へ作次を突き出した男が、あれは間違いだったとあやまりにきたこともあった。理由は、それが事件となると、面倒なことが起こるからだった。奉行所へ呼び出された時は、町役人が付き添ってくることになっている。付き添ってもらった者は彼等に日当を払い、料理屋へ招くことが慣習となっていて、百文を盗まれたくらいなら、何事もなかったことにした方が被害が少ないのだ。

一分か二分の金を盗んで捕えられた時、作次は、やはりだいそれたことをするのではなかった、他人のものをいただいて生きている人間は、それがなければ死んでしまうというものだけを頂戴していなければいけなかったと真顔で言ったそうだ。北の同心も吟味与力も、作次がわずかな銭や襤褸のようなどてら、使い古した鍋やたった一枚の干物などを盗んでいたのは、ご放免を狙ってのことと一蹴したらしい。慶次郎もそう思っていたのだが、一分か二分の盗みをだいそれたことだというのは、案外に本心だったのかもしれない。

「ところが今朝、あの男が玄庵先生の家から出てきたのを吉次が見かけ、玄庵先生からお義父上がかつぎ込んだ男だと聞かされて、うちへ飛び込んできたのです」

吉次なら、作次の顔を知っているかもしれないと思った。小さな盗みを繰返しては放免になるなどは吉次の癇に障っていた筈で、作次を尾けまわしたことがあるにちがいなかった。

「ご推察通りですが」

と、晃之助は言った。

が、吉次の記憶もおぼろげだった。確かに尾けまわしたことはあるのだが、その日の暮らしに必要なものばかりを細々と盗むので、すぐに嫌気がさし、尾行をやめてしまったのだという。旅姿ではあり、あれは多分作次だと思うがと言って、吉次も首をかしげたそうだ。

捕えられた作次は、江戸払いとなった。二十数年も前のことである。吉次の記憶も薄れているだろうし、作次の風貌も変わっているだろう。しかも、作次を捕えた北の同心も、詮議をした与力も他界していて、旅姿の老人が作次であるかどうか、確かめようがない。

「ただ、作次だとすれば、佐々木さんが出会ったのが十日も前ですからね。その前から江戸に入っていたとも考えられる。玄庵先生のうちで寝ていた五日を差し引いても、墓参りは幾度もできた筈です」

「そうときまったわけじゃねえだろう」

晃之助が慶次郎を見た。慶次郎は、花曇りの空を見上げた。晃之助が、作兵衛を作次と思っているらしいのが、だんだん不愉快になってきた。そのくせ自分でも、あの佐七より腰を深く曲げて歩く男が作次であろうと思っているのである。

「手前のことになると、ついこの間まで二十五か六の生きのいい男だったような気がするが。こうしてみると、二十年昔ってのは遠くなっちまってるんだな」

「そりゃそうです。わたしはまだ子供でした」

慶次郎は苦笑した。

江戸払いとなった作次は、しょんぼりと江戸を出て行ったという。そういえば、曽祖父の父親の代から江戸生れの江戸育ちだという話を御用部屋で聞いたことがある。江戸のほかはどこも知らぬ作次が、藤沢在で過ごした二十数年は長かったにちがいない。心柄からそうなったとはいえ、たまらなく江戸へ帰りたくなったこともあっただろう。五十三、四の年齢になっているとすれば、死ぬ前に一度、存分に市中を見てまわりたいと思うのではないか。痛む腹を押えて歩く作兵衛の姿が目の前を通り過ぎた。江戸の町は、今も昔も賑わっていて、オランダ行列が通り、花の便りに浮き立っている。二十年もの間、江戸の町ではこんな風に時が過ぎていたのだと思ったことだろう。無論、作兵衛が作次であるとすればの話だが。

「それにしても、なぜ玄庵先生のところまでおいでになって、うちへお寄りにならなかったのですか。その時刻でしたら、まだ八千代も起きていたでしょうに」

「用があったのさ。つまらねえ用事だが」

慶次郎は、早口に答えた。八千代にも会いたかったが、懐の簪が気になったのだった。八千代を抱けば泊りたくなり、泊ってしまえば、なお簪を届けに行くのがてれくさくなった筈であった。

辰吉が見えた。紬の着物に羽織という姿で、懐手で歩いている。道がゆるやかに曲がっているので見えないが、作兵衛となのった男は、腰を曲げ、自分ではもっと早いと思っているけれども頼りない足取りで、下谷へ向かって歩いているにちがいなかった。

慶次郎は懐を探った。先刻押し込んだ財布が指に触れたが、そのほかは手拭いだけで、懐紙すら入っていない。腰を探っても、煙草入れは下がっていなかった。おそらく、将棋盤の横へ置いたままになっているのだろう。

「おい、何か持っていないか」

「何ですか、ふいに」

「あいつを追いかけて行く口実だよ。口実になるものはないか」

晃之助も懐へ手を入れた。が、出てきたものは、懐紙と手拭い、それに財布だけだった。懐紙と手拭いでは血相を変えて追いかけて行く口実にならず、今は持ち合わせがないと言った男に財布を届けに行くのも妙な話であった。

「待って下さい」

晃之助が袖から小さなものを取り出した。土で焼いた小さな唐子人形が車に乗っているおもちゃだった。

「今朝、出かけるわたしを八千代が、ちい、ちいと言って呼びとめましてね、当人は走っているつもりなのでしょうが、よちよちと歩いてきて、くれたんですよ、これを」

美男という評判に水をかけてやりたくなるほど、晃之助は目尻を下げて言った。

「お義父上の前ですが、可愛いの何の。御用にかかわることですからお貸ししますが、必ず返して下さいよ」

「わかってらあ」

慶次郎は不機嫌な返事をして、人形を手拭いでくるんだ。どこにでも売っている安価なものだが、壊しでもしたなら、晃之助は青筋を立てて怒るにちがいなかった。

よろず屋の前を通り過ぎると、しばらくは田畑ばかりとなる。畑の真中にある空地に桜が植えられていることもあって、走っている足許へ風が花びらをはこんできた。すぐに、一度見えなくなった辰吉の姿が見えた。道なりに歩いて行くものと思っていたが、山谷堀へつながってゆく小さな流れの橋の上で足をとめていた。作兵衛は、その橋を渡ったようだった。

辰吉の指さす方を見ると、田圃の中の細い道を前屈みの旅姿が歩いている。右へ右へと歩いて行けば、下谷御簞笥町あたりへ出られる筈で、藤沢在の者にしては江戸の道をよく知っていた。

「かわるよ」

慶次郎が言うと、辰吉は「また旦那の物好きがはじまった」と言いたげな顔をして、時雨岡の方へ戻って行った。晃之助の姿が見えたのかもしれなかった。

走って行って声をかけようかと思ったが、慶次郎は、空地の立木の陰に身を寄せた。作兵衛が、ふりかえったのだった。が、尾けられていることに気づいたのではなかった。花曇りの空を眺め、花びらをはこんでくる風を目で追っているように、立ちどまっている塀に手を触れて、庭木の中で鳴いている鳥の声に耳を傾けていた。

作兵衛はふたたび歩き出した。脇腹に手を当てていた。蹲るのではないかと心配になったが、案外にしっかりとした足取りで歩いている。御箪笥町へ出て坂本町を通り過ぎるまで、足をとめて町並を見まわすことはあっても、路地へ入ろうとするようなしぐさは一度もしなかった。空巣に入る気はないようだった。

作兵衛は歩きつづけて、上野の山へ入って行った。花は七分咲きだった。見頃とあって、紅白の幔幕が幾つも花の下に張りめぐらされている。幔幕の中からは上手とは言えぬ三味線が聞えてきて、その隣りの幔幕からも酔って濁った声の唄が聞えてくる。幔幕が揺れるのは、踊っている足が乱れて転びそうになるせいだろう。そんな騒ぎに眉をひそめる一行がいて、短冊に花の句を書きたいのかもしれないその一行に、「気取るな」とわめく酔っ払いもいた。

が、作兵衛は、誰にも目を向けようとしなかった。薄桃色の花をつけて、ふうわりと伸びている枝を見上げたまま歩いているのである。ひょっとこの面をつけている男に突き当り、酔っているらしいひょっとこが「気をつけろ」とすごんでも、知らぬ顔だった。腹を立てたひょっとこが追いかけて行き、慶次郎も駆足になったが、ひょっとこが作兵衛の肩をつかんで引き戻そうとしても、作兵衛の目は桜を眺めていた。

「桜だ。江戸の桜だ。俺あ、江戸の桜を見ているんだ」

夢見心地とでも言いたいような顔つきだった。ひょっとこは薄気味がわるくなったのか、首をすくめて仲間が待っている茣蓙へ引き返して行った。

脇腹を押えているのに、作兵衛は足をとめようとしない。近づいた慶次郎にも気づかぬようすで、「江戸の桜だ」と呟きつづけ、一刻近くも山内を歩きまわっていただろうか。手跡指南所の師匠に連れられて花見にきていた子供達が帰りはじめる頃になって、作兵衛は、ようやく我に返ったようだった。昼の八つを過ぎていた。慶次郎の腹の中では、早起きの佐七と一緒に朝飯を食べた虫が、昼飯はまだかとしきりに鳴いていた。

作兵衛は、子供達のうしろから山を降りて行った。が、山下へ降りたとたん、薄桃色の花にごまかされていた腹の痛みが強くなったのかもしれない。作兵衛は、たださえ前屈みの軀をなお前屈みにして、子供達の行列から離れた。

その前に、薄笑いを浮かべた赤ら顔の男が立った。唐桟の着物に巻羽織という姿だった。大根河岸の吉次に十手をあずけている、北町の秋山忠太郎であった。

「江戸お構いの作次だな」

と、忠太郎は言っている。慶次郎は夢中で走った。

「作兵衛さん、忘れものだよ」

即席料理の店が多い下谷町二丁目の、大蒲焼(おおかばやき)の看板の下に蹲った作兵衛も、その作兵衛の肩に手をかけて立ち上がらせようとしていた秋山忠太郎も、険しい顔でふりかえった。

「作兵衛だと？」

忠太郎は、険しい顔の眉間(みけん)へさらに皺(しわ)を寄せた。慶次郎は、痛みに顔をしかめている作兵衛の背に手を置いた。

「ああ、藤沢の在に住んでいる作兵衛さんだ」

「森口さんとも思えませんね」

忠太郎は肩を揺すって笑ったが、多少不安そうでもあった。

「根岸あたりでのんびり暮らしているお人はご存じないでしょうが、江戸お構いの作次ってえ男が、十日も前から江戸をうろうろしているんですよ。噂(うわさ)では、南の佐々木勇助ってえ同心が、墓参にきたという嘘(うそ)に、ころりと騙(だま)されたそうだ」

「ふうん」

慶次郎は、掌(てのひら)であごを撫(な)でながら言った。

「作次にゃあ俺も手をやかされたよ。大柄なのに、すばしこい男だった」

作兵衛が慶次郎を見た。作次がすばしこい男であったとは、慶次郎も聞いたことがない。慶次郎より年下の忠太郎が、かつての作次を知っているとは思えないが、一つだけ心配があった。見習い同心の頃の忠太郎が、作次を捕えた今は亡い同心についていたとすれば、吉次程度には作次の顔を覚えている筈なのである。「冗談じゃねえ、のろまだった」などと忠太郎が嘲笑すれば、忠太郎は、かの同心についていたことになる。

「大柄でも、臆病な奴でね」

と、忠太郎は言った。他界した同心について市中見廻りに出ていたのかと、横を向いて舌打ちをした。が、蹲っている作兵衛も、痩せてはいるが長身だった。作次を知らなくとも、大柄だったとは言えるかもしれなかった。

「百文とか百五十文とか、時には蕎麦を食べるつもりか、十六文なんてえ銭を、空巣に入っちゃあ盗んでいたようですよ。森口さんがご存じないのもむりはない、ちっぽけな盗みですが」

見て見ぬふりをしていたのだろうという皮肉らしい。

「捕えられたのは、金貸しの家へ空巣に入った時でしてね」

手を置いている作兵衛の背が震え出した。

「金が山ほどあるというのに、一分だけ盗んで、出てくるところを捕えられた。まぬけな男ですよ。おまけに、いつも小銭を盗んでいたうちの子供が重い病いにかかったので、黙って米代をもらっていた恩返しに医者代を稼いでやりたかったというのだから笑わせる」

慶次郎は、懐から唐子人形のおもちゃを出した。

「作兵衛さん、お前、具合がわるいんじゃねえのかえ。さっき、ばったり出会った時も、顔色がわるいんで気になっていたんだが」

慶次郎は、懐からおもちゃを取り出して作兵衛に見せ、また懐に入れた。

「落としただろう、これを。あわてて届けにきたのだが、近くに知り合いの家がある。少し、休んでゆきねえな」

「有難うございます」

作兵衛のかすれた声が言った。

「でも、急いで藤沢へ帰らねばなりませんので」

「そりゃそうだろう」

忠太郎が手招きをした。鰻屋の路地から、やはり忠太郎が使っている岡っ引、坂下の有七がふらりと姿をあらわした。

「旅姿で花見をしなけりゃならねえのだ、江戸から早く逃げ出さにゃならねえわな」

花見客の中に有七がいたらしい。が、桜を眺め、憑かれたように「江戸の桜だ」と呟きつづけている旅姿の老人を見れば、有七でなくとも見廻り中の定町廻り同心へ知らせに走るだろう。気がつかなかった慶次郎が迂闊だった。

「墓参はとうにすんでいる筈だぜ、作次。南の勇助に出会ってからでも、十日たっているそうだ。その間、旅籠代をどこでどう工面していやがった」

「玄庵先生んとこにいたんだよ」

慶次郎は、忠太郎と、作兵衛となのっている男の間に立った。

「腹痛で動けなくなっている作兵衛さんに出会って、俺が玄庵先生のところへ連れて行った。ほんとうにこの男は具合がわるいんだ」

吉次は、作兵衛が玄庵の家へ戸板ではこばれたことを忠太郎に知らせていなかったらしい。調べのついていなかったことを慶次郎に教えられて癇に障ったのか、忠太郎は瞼の下を痙攣させて口を閉じた。慶次郎は、作兵衛に手を貸して立ち上がらせた。この近くにも医者はいるだろうが、玄庵に診せた方がいい。が、その前に一休みさせてやらなければならない。花ごろもへ連れて行くほかはないだろう。花ごろもなら、ここから近い。花見帰りの客で混んでいるだろうが、帳場の隅にでも寝かせてもらうことにしようと思った。

慶次郎の肩に手をかけて、ようやく立ち上がった作兵衛の前に忠太郎が立った。

「森口さん。この男は、森口さんの知り合いじゃなかったのですかえ」

「知り合いだよ」

「だったら、藤沢から出てきた知り合いが腹痛を起こしているところへ、偶然、森口さんが通りかかったのですかえ。ずいぶんと、うまくできた話じゃありませんか」

「俺は、平松町に用事があって出かけた。作兵衛さんは、そのあたりに住んでいた筈の昔馴染み（むかしなじみ）をたずねて行ったのだが、その人は、どこかへ引っ越して行方がわからなくなっていた。出会っても不思議ではねえと思うが」

「それなら、その男を作兵衛としましょう。あらためて作兵衛さんに尋ねるが、平松町の何という人をたずねて行ったのだ。岡っ引の吉次という男は、あのあたりのことにゃ妙に詳しい。探してもらってやるぜ」

作兵衛は、荒い息を吐くだけで黙っていた。

「言えねえなら、俺の方から言ってやろうか。お前（めえ）は、建具職人（たてぐしょくにん）の岩松の家に行ったのさ」

　作兵衛の荒い息が、なお荒くなった。

「岩松の家に空巣が入ったという届出があった。仕事を請け負った岩松が、翌朝早く材木を買いに行こうと仏壇の中に入れておいた金がなくなったのだそうだ」

　気配を察した慶次郎が、作兵衛を押えつけようとしたが間に合わなかった。作兵衛は、慶次郎の手をふりほどいて叫んだ。

「俺じゃねえ。その証拠に、俺あ、一文なしだ」

「吐きゃあがったな」

　忠太郎は、満足そうに笑って慶次郎を見た。

「この半月くらい、長火鉢の引き出しに入れておいた金がなくなったの、米を買いに行くざるの中の百文が消えたのと、そんな訴えが幾つもあった。俺は、話に聞いていた作次が帰ってきたにちげえねえと見当をつけていたんだ」

「冗談じゃねえ。俺あ、半月前はまだ藤沢にいた」

「嘘をつきゃあがれ」

　肩を突かれて、作兵衛は仰向けに倒れた。縄をしごきながらその軀を蹴って起こそうとした有七を、慶次郎は思わず押しのけた。唐子人形が懐から飛び出して、落ちて壊れた。

「待ってくんな。この男は、ほんとうに無一文だったんだぜ」

「遣っちまったか隠したか、どちらかにきまっている」

「平松町で建具職人の金を盗んで、俺に出会うまでのどこで隠すのだ」

「それを、これから調べるんですよ。残念だが、森口さんの知り合いは、藤沢へ帰れなくなりそうです」

作兵衛のうめき声が聞えた。有七に蹴られたのかと思ったが、這って地面に爪を立てている。縄を手にしている有七も、呆然としてその姿を眺めていた。

「戸板だ」

慶次郎は、遠巻の人だかりに向かって叫んだ。

「花ごろもへかつぎ込む。有七は玄庵先生を呼んでこい。玄庵先生の足が遅かったら、早駕籠に押し込んじまえ。わかったな」

有七が、はいていた草履を帯の間に押し込んで走り出した。戸板のくるのも早かった。慶次郎は、白目をむいている男をその上にのせた。

「知りませんよ、こいつが空巣だったとしても」

うしろで忠太郎が呟いた。

俺にはどうすることもできないと、めずらしく玄庵が弱音を吐いた。作次らしい男の腹の痛みは、数年前からはじまっているのではないかというのである。

痛みに効くという薬を、吸飲でのどへ流し込むようにして飲ませてやって、ほかに病人もいるからと、玄庵はいったん帰って行った。有七から吉次へ、吉次から太兵衛あたりへ知らせが行ったのか、日暮れ間近に晃之助と島中賢吾が顔を出し、そのあとでようすを見にきた辰吉が、佐七への連絡をひきうけてくれた。

先刻まで慶次郎と一緒に作次の枕もとにいたお登世も、今は帳場にいる。慶次郎は、有七を押しのけた時を思い出して青くなった。あの時、唐子人形は慶次郎の足許で粉々に砕けた。

「旦那」

かすれた声が聞えた。眠っていた作次が目を覚ましたようだった。慶次郎は、吸飲へ手を伸ばした。

「すみませんねえ、ほんとうに」

「喋るより先に薬を飲め」

「へえ。でも、俺は、空巣に入っちゃいないんで。入っていりゃ、旦那に借金なんぞしなかった」

「わかってるよ」

作次は、吸飲の薬を飲んで顔をしかめた。苦いらしい。

「親の墓参りも嘘じゃないんでさ。江戸へ入ったとたんに出くわした旦那にも申し上げたが、この軀だ。いつ、お迎えがきてもおかしくない。それで、娘のひきとめるのもきかずに、江戸へ出てきたんでさ」

「娘がいるのか」

「へえ。当り前ですが、女房もいます。二十四年間、まっとうな暮らしをしていたと言いたいが、女房と娘に養ってもらっていました。宿はずれで、茶店をやっています」

「ふうん」

作次も深い息を吐いた。

「言訳になりますが、俺は他人に育てられたもので、手跡指南所というところへやってもらえなくってね。育ての親が死んでしまうと、稼ぐてだてがなくなりました」

それで盗みを覚えてしまったと言いたいのだろう。確かに言訳に過ぎなかったが、作次はふたたび深い息を吐いて、「盗みをしていた頃の方が、嘘だったように思える」と呟いた。

「何だって、あんなことをしていたんでしょうねえ。長屋の子供が患うと金を持って行ってやったこともあるが、みんな盗んだ金だ。これで医者へ行けと言ったたって、盗んだとわかりゃ誰も喜びゃしないのにねえ」

作次の顔が歪んだ。

「江戸お構いになって、藤沢でうろうろしている時に女房と知り合って、娘も生れて、そこで痛む腹をかかえて死ぬつもりだったんですが、どうしても親の墓参りと江戸の桜見物がしたくってね。いや、親の墓参りは口実で、ほんとうは上野と墨田堤の桜が見たかったんですが。あれは、江戸で生れた者の宝物だ」

「わかってるよ。もう、喋るな」

その声が聞えなかったのかどうか、目を閉じた作次は、譫言のように喋りつづけた。作次の命は長くないと知っている女房が花見に行くことを承知してくれたこと、今年は暖かいからと早めに旅の支度をしてくれたこと、が、やはり早過ぎてしまったことなど、よせと軀を揺すっても、作次の口が閉じられることはなかった。

「お蔭でオランダ行列も見られてさ。娘の喜びそうなものも山ほど売っているし、やっぱり江戸はいいよなあ。女房と娘を呼んでやりてえが、江戸は旅籠も食うものも高くって、いつのまにか路銀がなくなっちまったし、平松町にいた筈の徳ちゃんもいねえんだもの」

お登世の声がした。病人の診立てを終えた玄庵が、作次のようすを診に戻ってくれたようだった。晃之助と辰吉の声も聞える。作次を作兵衛のままにして、花ごろもで治療をうけさせる相談にきたのかもしれなかった。

「女房と娘を江戸へ呼びてえなあ、でも、江戸で茶店はむりだしなあ」

作次の譫言は、まだつづいている。慶次郎は、ふいに唐子人形を思い出した。晃之助への言訳は、まだ考えてない。が、あの人形が晃之助の宝物であったとしても、八千代は人形を渡したことをもう覚えていまい。六つか七つになって、晃之助に大きな人形を買ってもらったついでに聞かされるにちがいない思い出話の方が、八千代の宝物になるかもしれなかった。

解説

花村萬月

　時代小説を読んでいて、困惑することがあります。細かな考証に心を砕くのはいいけれど、それだけで終わってしまっているような小説として旨くないものです。そんな小説に出くわすと、正直なところ腹立たしさを覚えるのです。描写しないで、説明に終始するような小説です。しかも所詮は考証（昔のことを調べ考え、証拠を引いて説明すること——広辞苑）、調べ物にすぎませんから、思わぬところで馬脚をあらわしていたりすることもある。唯一のよりどころである考証で躓いていては、取り柄がありません。もちろん私ごときの知識では、この考証にはケチのつけようがない——と脱帽する作品もあるのですが、考証だけが正確な作品（どなたの、どのような作品かは申しませんが、実際にあるのです）を、なかばこらえながら読み終えて、小説としての滋味の欠片も感じられなかったときの砂を噛むような虚しさは、読書をしばらくやめてしまいたくなるほどのものがあります。こういったとき、私は胸の裡で吐き棄てるのです。

——考証原理主義者め。

さらに、こう付け加えることもある。

——データを並べて、楽をしやがって。

時代小説には定型とでもいうべきものがあります。決まったかたちは、先達からの積み重ね、充分に磨きあげられた宝石です。けれど安直にスタイルだけをもってくれば形骸化は当然です。形式主義という罠にもっとも陥りやすいのが、時代小説です。このとき、意識の低い書き手に忍び寄るのが考証原理主義の罠です。

以前、推理作家協会の集まりで、ある小説家と時代小説について語りあったことがありました。彼はまだ時代小説を書いたことがないのですが、フォーマットが決まっているから執筆が楽である。しかも歴史的事実は基本的に曲げようがないのであるから、ストーリーの七割方は出来上がってしまっているようなものである。いざとなったら、時代考証で枚数を稼げばいい。だから歳をとって衰えてきたら、時代小説に転向しようかな——と吐かしたのです。私はニコニコして話を聴いていましたが、もちろん、このとき、この小説家を見限りました。

前置きが長くなってしまいました。書かずにはいられませんでした。お許しください。私はこの解説を頼まれたとき、いままでに刊行された「慶次郎縁側日記」をすべて担当編集者から送ってもらいました。まずは解説を書く〈やさしい男〉のゲラ刷りから読み進め、慶次郎縁側日記の第一作である〈傷〉を手に取りました（やはり物語の深みがちがってきます。〈やさしい男〉が気に入ったなら、第一作から読むことをおすすめします）。

私は〈やさしい男〉に収録されているいちばん最初の〈理屈〉の導入を読みはじめた瞬間に、夢中になってしまいました。引用は枚数稼ぎにすぎませんから避けますが、色彩が脳裏に泛び、思わず目をとじると、さらに精緻な色彩が瞼の裏側に立ちあがりました。

色彩と書きましたが、これがなかなか一筋縄ではいかない。鮮やかな色彩、くっきりとした色彩、派手な色彩、きらびやかな色彩、逆に抑えた色彩、淡い色彩、控えめな色彩、地味な色彩、色味のない色彩、小説にはいろいろな色彩が描かれるものですが、北原亜以子さんの描きだす色彩は、これらに微妙に当てはまらない。

描かれた色彩は正確で、揺るぎないものです。ところが、どういうわけか、押しつけがましさに類する強引な気配がない。鮮やかなもの、沈み気味なもの、それらが過不足なく描かれていますが、ふしぎなことになぜか曖昧です。しかも曖昧が心地よく、なにやら人の世のすべてはこの曖昧が覆いつくしていて、そんな簡単に色の名を付けられないのですよ、と囁かれているかのような気分を覚え、ちいさく感嘆の溜息をつきました。

白黒つけると言います。灰色であるとも言います。けれど北原亞以子さんの描出する色彩は無彩色のようなわかりやすいものではないのです。あきらかな、しかも種々の色彩が文章から立ち昇るにもかかわらず、そしてその色彩は読者の情感を柔らかく確実に摑んでしまうにもかかわらず、けれど、その色彩はこうして解説を書く私を微妙に途方に暮れさせてしまうもので、詰まるところは北原亞以子さんの作品自体で完結していて、余人の立ち入る隙をみせぬものであるのです。つまり逆説的に、解説などで鮮やかな色彩などと簡単に括ることができてしまう作品は、たいしたものではないということです。

私事ですが、解説依頼を受けた月は普段の仕事よりも百枚多く原稿を書かねばならず、まだシリーズのすべてを読み終えてはいないのですが、自身の仕事のあいまに自身の愉しみとして自転車に乗って近所の喫茶店にでかけ、西日のなかで背を丸めて慶次郎縁側日記を読み進め、私の書いた長ったらしい前置きの正反対のところにすっと立っていらっしゃるのが北原亞以子さんであることを、確信しました。

北原亞以子さんは考証も巧み（正確というだけでは二流です。精緻正確なうえに巧み、なのです。熟読してみるとわかります。不必要な考証は綺麗に省かれている。いかにも調べましたよといったわざとらしい押しつけがましさも、ない）であり、定型も充分に踏まえていて、ところがそれらすべてが正統なる小説にきっちり奉仕している。考証原理主義者とはまったく別の場所に、力まずにすっと立っていらっしゃる。

しかもこれは生来の資質なのでしょうか、抽んでた文章上の抑制を獲得なされている。私は実作者として、この抑制に密かな嫉妬を覚えました。けれど、おそらくは努力ではものにできぬであろうことも直観しました。北原亞以子さんの文章を真似ても、似て非なるものが出来上がるだけであることが見えてしまったということです。だから、すこしふてくされて、俺には俺の書くものがあるさ——などと呟いてみたのです。

苦笑いと共に愉しんだのが〈三姉妹〉でした。いまではすっかり御無沙汰ですが、私も悪い遊びをさんざん重ねてきました。はっきり書いてしまいますが、酷い目にあってきました。男なら、多かれ少なかれ、といったところですか。けれど相手の女性にも人生がある。この単純な事実をあらためて考えさせられたのでした。

失敗した男の哀しい動きの活写された〈断崖絶壁〉も身につまされます。無様です。しんどいです。最後には、やや苦い印象が残るのですが、それでも救われました。

推理小説的な楽しみ方もできる〈隠れ家〉です。吉次に惹かれて、頁を繰る手がもどかしいほどでした。すべてが消えてしまっている最後がいいですね。理詰めの解決を超えたところがすばらしい余韻を醸しだします。しかも、すとんと切られていて、だから読後、しばし腕組みなどして、吉次ばりにあれこれ物思いに耽ったのでした。

おっと、この調子で書いていったら紙幅が尽きてしまう。個々の作品の解説——種明かしをしてしまってもつまらないですから、もうやめておきましょう。

小説の筋書きや趣は読んでいただければわかりますから、おなじ物書きとして指摘しておきたいことを——。

短篇小説をいかに終わらせるか。ショートショートのようなものならば、ひねりのある落ちが大切です。推理小説も落ちがなければ困ります。けれど基本的に論理を愉しむ小説以外は、往々にして落ちというものが邪魔になります。すとんと落ちてしまうと、ああそうですか、ごもっとも——といったニュアンスで拡がらない。これは私が言っていることではなく吉行淳之介がなにかに書いていたことです。

どうもありとあらゆる表現がハリウッド映画的な落ちるべきところに落ちる、言い方はよくありませんが子供っぽい方向に流れるなか、北原亞以子さんの小説は、まったく正反対の方向に毅然としてむかっている。

読み終えてから始まる読書とでもいいましょうか。短篇を読み終えて、ふう……と一息つき、腕組みなどして余韻にひたる。登場人物の来し方と、これからに静かに思いを馳せる。これぞ物語の王道、小説の本道ではないでしょうか。

なぜ北原亞以子さんの文学に取りこまれてしまうのかといえば、私がわざわざ指摘するのもおこがましいのですが、常に小説の終わりが終わりではない、という奥深さがあげられます。北原亞以子さんは読者である我々にも知と情があるということを信頼しきってくださっているのでしょう。

それにしても、書かずにすます見切りの鋭さと匙加減の巧みさには脱帽するしかありません。どうやら文芸の本質的な秘密は、このあたりに隠されているような気もします。北原亞以子さんは時代小説でそれを具現している数少ない作家の頂点です。

最後に、文学賞授賞式会場などでいつもお会いし、親しく声をかけていただいているので、あえて北原亞以子さん、と、さん付けで書かせていただいていることをお断りしておきます。小柄で気さくで、美しい北原亞以子さんとお喋りすることができるのが、私は得意でなりません。よけいなことかもしれませんが、北原さん、ジーパンがとても似合うんですよ。また、山本周五郎賞の選考委員として御一緒したときの、候補にあがってきた時代小説に対する真摯な眼差しが忘れられません。

私にはありありと泛ぶのです。珠玉を読み終えたあなたが余韻にひたっているところ、その幸福そうな吐息と半眼が。

平成十八年八月

（はなむら　まんげつ／作家）

＊新潮文庫版に掲載されたものを再録しています。

やさしい男(おとこ)
慶次郎縁側日記(けいじろうえんがわにっき)

朝日文庫

2024年 2 月28日　第 1 刷発行

著　者　北原亞以子(きたはらあいこ)

発行者　宇都宮健太朗
発行所　朝日新聞出版
〒104-8011　東京都中央区築地5-3-2
電話　03-5541-8832(編集)
03-5540-7793(販売)
印刷製本　大日本印刷株式会社

Published in Japan by Asahi Shimbun Publications Inc.
定価はカバーに表示してあります

ISBN978-4-02-265138-9
落丁・乱丁の場合は弊社業務部(電話 03-5540-7800)へご連絡ください。
送料弊社負担にてお取り替えいたします。

朝日文庫

情に泣く
細谷正充・編／宇江佐真理／北原亞以子／杉本苑子／半村良／平岩弓枝／山本一力／山本周五郎・著

朝日文庫時代小説アンソロジー　人情・市井編

失踪した若君を探すため物乞いに堕ちた老藩士、家族に虐げられ娼家で金を毟られる旗本の四男坊など、名手による珠玉の物語。《解説・細谷正充》

おやこ
細谷正充・編／池波正太郎／梶よう子／杉本苑子／竹田真砂子／畠中　恵／山本一力／山本周五郎・著

朝日文庫時代小説アンソロジー

養生所に入った浪人と息子の嘘「二輪草」、歌舞伎の名優を育てた養母の葛藤「仲蔵とその母」など、時代小説の名手が描く感涙の傑作短編集。

なみだ
細谷正充・編／青山文平／宇江佐真理／西條奈加／澤田瞳子／中島　要／野口　卓／山本一力・著

朝日文庫時代小説アンソロジー

貧しい娘たちの幸せを願うご隠居「松葉緑」、親子三代で営む大繁盛の菓子屋「カスドース」など、ほろりと泣けて心が温まる傑作七編。

わかれ
細谷正充・編／朝井まかて／折口真喜子／木内　昇／北原亞以子／西條奈加／志川節子・著

朝日文庫時代小説アンソロジー

武士の身分を捨て、吉野桜を造った職人の悲話「染井の桜」、下手人に仕立てられた男と老猫の友情「十市と赤」など、傑作六編を収録。

いのり
細谷正充・編／朝井まかて／宇江佐真理／梶よう子／小松エメル／西條奈加／平岩弓枝・著

朝日文庫時代小説アンソロジー

隠居侍に残された亡き妻からの手紙「草々不一」、紙屑買いの無垢なる願い「宝の山」、娘を想う父の決意「隻腕の鬼」など珠玉の六編を収録。

いのち
朝井まかて／安住洋子／川田弥一郎／澤田瞳子／山本一力／山本周五郎／和田はつ子・著／末國善己・編

朝日文庫時代小説アンソロジー

江戸期の町医者たちと市井の人々を描く医療時代小説アンソロジー。医術とは何か。魂の癒やしとは？　時を超えて問いかける珠玉の七編。

朝日文庫

宇江佐　真理
深尾くれない
深尾角馬は姦通した新妻、後妻をも斬り捨てる。やがて一人娘の不始末を知り……。孤高の剣客の壮絶な生涯を描いた長編小説。《解説・清原康正》

宇江佐　真理
富子すきすき
武家の妻、辰巳芸者、盗人の娘、花魁――。懸命に前を向いて生きる江戸の女たちの矜持を描いた傑作短編集。《解説・梶よう子、細谷正充》

宇江佐　真理
恋いちもんめ
水茶屋の娘・お初に、青物屋の跡取り息子・栄蔵との縁談が舞い込む。運命に翻弄される若い男女を描いた江戸の純愛物語。《解説・菊池　仁》

宇江佐　真理
お柳(りゅう)、一途(いちず)
アラミスと呼ばれた女
長崎出島で通訳として働く父から英語や仏語を習うお柳は、後の榎本武揚と出会う。男装の女性通詞の生涯を描いた感動長編。《解説・高橋敏夫》

宇江佐　真理
おはぐろとんぼ
江戸人情堀物語
別れた女房への未練、養い親への恩義、きょうだいの愛憎。江戸下町の堀を舞台に、家族愛を鮮やかに描いた短編集。《解説・遠藤展子、大矢博子》

宇江佐　真理／菊池　仁・編
酔いどれ鳶
江戸人情短編傑作選
夫婦の情愛、医師の矜持、幼い姉弟の絆……。江戸時代に生きた人々を、優しい視線で描いた珠玉の六編。初の短編ベストセレクション。

朝日文庫

畠中 恵

明治・妖（あやかし）モダン

巡査の滝と原田は一瞬で成長する少女や妖出現の噂など不思議な事件に奔走する。ドキドキ時々ヒヤリの痛快妖怪ファンタジー。《解説・杉江松恋》

畠中 恵

明治・金色（こんじき）キタン

東京銀座の巡査・原田と滝は、妖しい石や廃寺の噂など謎の解決に奔走する。『明治・妖モダン』続編！ 不思議な連作小説。《解説・池澤春菜》

あさの あつこ

花宴（はなうたげ）

武家の子女として生きる紀江に訪れた悲劇——。過酷な人生に凛として立ち向かう女性の姿を描き夫婦の意味を問う傑作時代小説。《解説・縄田一男》

五十嵐 佳子

むすび橋

結実の産婆みならい帖

産婆を志す結実が、それぞれ事情を抱えながらも命がけで子を産む女たちとともに喜び、葛藤しながら成長していく。感動の書き下ろし時代小説。

五十嵐 佳子

星巡る

結実の産婆みならい帖

幕末の八丁堀。産婆の結実は仕事に手応えを感じる一方、幼馴染の医師・源太郎との恋に悩んでいた。そこへ薬種問屋の一人娘・紗江が現れ……。

北原 亞以子

傷

慶次郎縁側日記

空き巣稼業の伊太八は、自らの信条に反する仕事をさせられた揚げ句、あらぬ罪まで着せられてお尋ね者になる。《解説・北上次郎、菊池仁》